KB117227

빅서에서 온 남부 장군

**A Confederate General From Big Sur**
by Richard Brautigan

# 빅서에서 온
# 남부 장군

# A CONDERATE
# GENERAL FROM
# BIG SUR

**Ⅰ**

**리처드 브라우티건** _ 김성곤 옮김

비채

A CONFEDERATE
GENERAL FROM
BIG SUR

차
례

## 제2부 빅서에서 리 멜론과 벌인 캠페인

# A CONFEDERATE GENERAL FROM BIG SUR

어젯밤, 나의 침실에는 말하는 초가 있었네.
나는 너무 지쳤지만 함께할 누군가가 필요했기에
초를 켜 잠들 때까지 편안한 촛불의 목소리를 들었네.

_리처드 브라우티건의 시 〈말하는 초〉

프롤로그

A CONFEDERATE
GENERAL FROM
BIG SUR

# 사라져간 장군들의 정다운 노래

"기록에 따르면 425명이 대통령에 의해 네 계급의 장군으로 임명되었는데, 전쟁이 끝나자 299명만이 장군으로 남아 있었다. 감소된 장군들의 내역은 다음과 같다.

| | |
|---|---|
| 전사나 부상으로 인한 사망 | 77명 |
| 사직 | 19명 |
| 자연사 | 15명 |
| 임관 취소 | 5명 |
| 임관 사양 | 3명 |
| '적과의 개인적인 조우'로 인한 사망 | 2명 |
| 암살 | 1명 |
| 자살 | 1명 |
| 연락 끊김 | 1명 |
| 부상으로 인한 퇴역 | 1명 |
| 대령으로 강등 | 1명 |
| | 총 126명" |

그렇다면, 남부의 장군이 아닌 무슨 일을 하는가?

"변호사, 법관                          129명

　직업군인                            125명

　비즈니스맨(은행가, 제조업자, 상인)      55명

　농부, 농장주                          42명

　정치가                              24명

　교육자                              15명

　토목공학자                          15명

　학생                                6명

　박사                                4명

　목사                                3명

　개척자, 평화 담당관                    3명

　원주민 담당관                         2명

　해군장교                            2명

　편집자                              1명

　용병                                1명

　　　　　　　　　　　　　　총 425명"

# 제 1 부

# 빅서에서 온 남부의 장군

A CONFEDERATE
GENERAL FROM
BIG SUR

## 빅서에서 온 남부의 장군

처음 빅서(Big Sur)에 대해 들었을 때, 나는 그곳이 남북전쟁 때 남부연합 소속이던 것을 몰랐다. 나는 그동안 조지아와 아칸소, 미시시피, 플로리다, 앨라배마, 루이지애나, 사우스캐럴라이나, 버지니아, 테네시, 노스캐럴라이나, 텍사스 주만 남부연합인 줄 알았다. 빅서도 남부연합 소속인 줄은 몰랐다.

빅서가 남부연합의 열두 번째 주라고? 솔직히 말해서, 나는 산밖에 없는 데다 절벽으로 되어 있는 그 캘리포니아의 해변이 반군 소속이었다는 것, 삼나무와 진드기와 가마우지만 있는 그곳이, 몬터레이와 샌루이스오비스포 사이 수백 마일에 불과한 그 땅이 반군의 깃발을 흔든 곳이었다는 사실을 도저히 믿기 어려웠다.

산타루치아 산맥, 천 년 동안 퓨마와 라일락의 초라한

서식지였던 그곳이 연방 분리주의자들의 소굴이었다고?
백만 년 동안 전복과 해초만 있던 그 가난한 곳이 버지니
아에 있는 남부연합 의회에 대표들을 보냈었다고?

내가 듣기에 남북전쟁 당시, 빅서의 주민은 나무뿌리
를 캐 먹고사는 디거 인디언뿐이었다. 내가 듣기에 그 인
디언들은 옷을 전혀 입지 않았다. 그들에게는 불도, 피난
처도, 문화도 없었다. 그들은 아무것도 재배하지 않았다.
사냥도 하지 않고, 낚시도 하지 않았다. 죽은 사람을 묻지
도 않고, 출산도 하지 않았다. 그들은 나무뿌리와 조개를
먹고 살았으며, 비가 와도 그저 기분 좋게 밖에 나와 앉아
있었다.

나는 이런 무리가 태평양에서 가져온 이상한 선물을 들
고 나타났을 때, 로버트 리 남군 총사령관이 어떤 표정을
지었을지 상상할 수 있다.

'윌더니스 전투' 이틀째였다. A. P. 힐이 지휘하는 용감
하지만 지친 남군이 새벽에 북군의 행콕 장군이 거느리는
2군단 3만 명의 공격을 받고, 혼란과 패배 속에서 오렌지
플랭크 로드를 따라 후퇴하던 때였다.

당시, 남부의 훌륭한 포병장교인 스물여덟 살의 윌리엄
포아그 대령은 윌더니스의 과부인 탭 소유 농장의 공터에
열여섯 문의 포를 장착해놓고 기다리고 있었다. 포아그

대령은 대인살상 포탄을 장전해놓았다가, A. P. 힐의 군대가 오렌지플랭크 로드를 겨우 도망쳐 나오자마자 북군을 향해 포탄을 퍼부었다.

그러자 북군의 공격도 남군의 포병부대를 향해 집중되었다. 북군은 날아다니는 대리석 포탄 파편이 자기네 부대 중앙과 주변을 순식간에 초토화시키는 것을 바라보았다. 바로 그 접전의 순간, 역사는 병사들의 육체를 조각상으로 바꾸어놓았다. 병사들은 물론 그걸 좋아하지 않았다. 공격은 오렌지플랭크 로드에서 정체에 빠졌다. 사실, 오렌지플랭크 로드는 얼마나 멋진 길 이름인가.

포아그 대령과 부하들은 지상군의 지원 없이 진지를 사수했는데, 빠져나갈 곳이 없었기에, 그들은 길 이름에 별 관심을 두지 않았다. 그들은 거기 영원히 머물러 있었고, 리 장군은 날아다니는 포탄 파편이 난무하는 곳의 바로 뒤에 있었다. 그는 롱스트리트 장군의 지원부대를 기다리고 있었다. 롱스트리트 장군의 부대는 몇 시간 늦게 도착했다.

우선 선발대가 도착했다. 존 그렉이 지휘하는 후드의 텍사스 여단이 A. P. 힐의 초토화된 부대 사이로 나타났다. 텍사스 사람들은 남군의 강력한 기습부대인 A. P. 힐의 군대가 대패했다는 사실에 크게 놀랐다.

"너희는 어느 부대인가?" 리 장군이 물었다.

"텍사스 부대입니다!" 군인들은 큰소리로 답하며 재빨리 전투대형을 만들었다. 그들은 천 명이 채 못 되었고, 북군의 한가운데를 향해 전진하기 시작했다.

리 장군 또한 자신의 회색 말 트래블러를 타고 그들과 나란히 달렸다. 하지만 병사들이 그를 막으며 소리 질렀다. "리 장군을 뒤쪽으로!" "리 장군을 뒤쪽으로!"

그들은 리 장군을 뒤로 보내서, 그가 워싱턴 컬리지의 총장으로서, 워싱턴 앤 리라고 불리며 말년을 조용히 보낼 수 있게 해주었다.

그런 다음, 그들은 자신들의 인간적인 면은 잠시 잊고, 다만 짐승 같은 분노로 전진했다. 그러나 너무 늦었다.

10분도 채 지나지 않아 텍사스 부대의 50퍼센트가 목숨을 잃었다. 그러나 그들은 북군을 저지했다. 하지만 그건 마치 바다에 손가락을 집어넣어 잠시 물길을 멈추려는 것과도 같았다. 왜냐하면 지금은 다 잊혔지만, 남북전쟁을 끝낸 애퍼매톡스 코트하우스 전투가 그로부터 채 일년도 안 남았기 때문이었다.

리 장군이 뒤로 갔을 때, 거기에는 나무뿌리를 먹는, 빅서의 제8 인디언 지원병 부대가 그를 기다리고 있었다. 그들에게서 나무뿌리와 조개의 냄새가 났다. 나무뿌리를 먹는 빅서의 제8 인디언 지원병 부대는 북부 버지니아 주력부대에 전입신고를 했다.

인디언들은 모두 리 장군의 말 주위에 모여서 놀라서 말을 바라보았다. 말을 처음 보았기 때문이었다. 디거 인디언 중 한 사람은 말에게 조개를 권하기도 했다.

내가 처음 빅서에 대해 들었을 때는 그곳이 예전에 남부연합의 일부였다는 것을 몰랐다. 빅서가 그랬다는 것은, 마치 그곳이 어떤 아이디어나 전등의 갓처럼, 또는 한때는 수많은 사람들이 즐겨 먹는 음식이었지만 지금은 아무도 요리하지 않는 어떤 음식처럼, 구식이라는 느낌을 주었다.

내가 빅서에 대한 진실을 발견하게 된 것은 남군 사령관 로버트 리 장군과는 전혀 다른 리—즉 리 멜론—를 통해서였다. 즉 전장의 깃발이자 이 책의 북소리인 사람, 곧 남부 장군의 퇴락한 후손 리 멜론을 통해서였다.

## 밀물과 썰물 같은 리 멜론의 치아

군대 이야기를 더 하기 전에, 먼저 리 멜론의 치아 이야기를 하겠다. 그건 이야기할 가치가 있다. 내가 리 멜론을 알았던 5년 동안, 그는 약 175개의 치아를 갖고 있었다.

그건 자기 치아를 뽑는 그의 타고난 능력 때문이었다. 사람들이 말하기를, 존 스튜어트 밀은 세 살 때 그리스어를 읽었고, 여섯 살 반에 로마의 역사를 썼다고 한다.

그러나 리 멜론의 치아에 대해 놀라운 것은, 가엾은 치아들이 임시체류자라고 불리는 수많은 의치의 빈번한 교체였다는 점이었다. 내가 샌프란시스코의 마켓 가에서 그를 만났을 때는 왼쪽 윗니 하나만 있던 사람이, 몇 달 뒤 그랜트 가에서 만났을 때는 오른쪽 아랫니 세 개, 그리고 오른쪽 윗니 하나가 새로 박혀 있는 식이었다.

내가 빅서에서 막 돌아와서 보니, 그는 위쪽 앞니가 네

개였고, 왼쪽 아랫니가 두 개 있었는데, 몇 주 후 샌프란시스코에서 만났을 때는 뺨이 쑥 들어가지 않도록 연골을 받치는, 치아 없는 상반을 착용하고 있었다.

나는 그의 치아에서 일어나는 변화에 익숙해져 있었다. 그래서 이제는 그를 만날 때마다 그의 입을 살펴봄으로써 그가 어떻게 지내는지 알게 되었다. 예컨대 그가 직장을 다니고 있는지, 무슨 책을 읽고 있는지(새러 티스데일의 책이거나 히틀러의《나의 투쟁》이거나), 또는 누구하고 자는지(금발인지 갈색머리 여자인지)를.

한번은 리 멜론이 자신이 하루 종일 한꺼번에 모든 치아를 다 갖고 있던 날도 있었다고 말해주었다. 그는 캔자스 주의 밀밭에서 트랙터를 앞뒤로 몰았는데, 새로 넣은 아랫니가 좀 이상하게 느껴져서 빼서 셔츠 주머니에 넣었고, 그게 땅에 떨어진 걸 모르고 트랙터를 후진해버렸다고 했다.

셔츠 주머니에서 이가 없어진 것을 발견하고 한 시간이나 걸려서 찾았는데, 찾고 보니 이미 쓸모가 없어져 있었다고 그는 슬프게 말했다.

## 내가 리 멜론을 처음 만났을 때

나는 리 멜론을 5년 전 샌프란시스코에서 처음 만났다. 때는 봄이었다. 그는 막 빅서에서 히치하이크해서 샌프란시스코에 와 있었다. 어느 부유한 동성애자가 스포츠카에 그를 태워주었다. 돈 많은 동성애자는 리 멜론에게 오럴섹스를 해주면 10달러를 주겠다고 했다.

리 멜론은 그러겠다고 했고, 그들은 숲길이 산꼭대기로 이어지는 한적한 곳에 차를 세웠다.

"먼저 내리세요." 리 멜론이 말했다. 그런 다음 동성애자가 앞장 선 채 숲속으로 들어갔다. 리 멜론은 돌을 집어서 동성애자의 머리를 갈겼다.

"억!" 동성애자가 소리 지르면서 땅 위로 쓰러졌다. 동성애자는 살려달라고 빌었다.

"살려주세요! 살려주세요! 난 그저 재미 좀 보려던 돈

많은 동성애자일 뿐입니다. 누구를 해친 적은 없어요."

"입 닥쳐!" 리 멜론이 말했다. "가진 돈 다 내놓고 차 열쇠도 내놔. 그게 내가 원하는 거야, 이 돈 많은 동성애자 놈아."

그 부자 동성애자는 리 멜론에게 235달러와 차 열쇠와 시계를 주었다.

리 멜론은 그 부자 녀석의 시계를 달라고 하지는 않았지만, 생각해보니 스물세 살 생일이 멀지 않아서 시계도 받아서 주머니에 넣었다.

그 부자 동성애자는 생애 최고의 경험을 하고 있었다. 키 크고 젊고 잘생긴 데다 치아가 없는 약탈자가 자기 돈과 차와 시계를 강탈해갔으니까.

그건 다른 동성애자들에게 해줄 멋진 이야기가 될 것이다. 그는 자기 머리에 난 혹과 시계를 차고 있었던 손목을 보여줄 수도 있다.

부자 동성애자는 팔을 뻗어서 머리에 난 혹을 만져보았다. 혹은 비스킷처럼 부풀고 있었다. 동성애자는 그 혹이 오랫동안 없어지지 않기를 바랐다.

"난 이제 간다." 리 멜론이 말했다. "넌 내일 아침까지 여기 가만히 앉아 있어야 해. 만일 1인치라도 움직이면, 내가 돌아와서 내 차로 너를 두 번 칠 거다. 나는 이판사판인 놈이니까, 돈 많은 동성애자 놈을 차로 치는 것쯤 아무 것도 아니란 말이다."

"내일 아침까지 절대 안 움직이겠습니다." 부자 동성애 자가 말했다. 아무래도 그게 안전할 것 같았다. 리 멜론은 잘생겼지만 아주 사악한 사람 같았으니까.

"1인치도 안 움직일 겁니다." 부자 동성애자가 약속했다.

"그래, 착한 동성애자로군." 리 멜론은 그렇게 말하고 출발해, 몬터레이에 차를 버린 다음, 버스를 타고 샌프란시스코에 왔다.

내가 그 약탈자를 처음 만났을 때, 그는 빼앗은 돈으로 나흘 동안 술에 취해 있었다. 그가 위스키 한 병을 샀고 우리는 골목으로 들어가서 마셨다. 샌프란시스코에서는 그런 일이 비일비재했다.

리 멜론과 나는 큰 소리로 웃고 떠들며 즉시 친한 친구가 되었다. 그는 지낼 곳을 찾는다고 했다. 그에게는 아직 부자 동성애자의 돈이 남아 있었다.

나는 내가 살고 있는 리븐워스 가의 다락방 아래에 마침 빈 방이 있다고 말해주었고, 그는 "안녕, 이웃"이라고 내게 말했다.

리 멜론은 그 부자 동성애자가 경찰에 신고하지 않으리라는 것을 잘 알고 있었다. "아마도 그자는 아직도 빅서에 앉아 있을 거야." 리 멜론이 말했다. "그자가 굶어 죽지 않았으면 좋겠어."

## 남부 장군 오거스터스 멜론

내가 리 멜론을 처음 만났을 때, 우리는 술에 취해 꼬박 밤을 샜다. 새벽이 왔을 때, 우리는 엠바카데로 부두에 있었고 비가 내렸다. 갈매기들은 잿빛 비명을 지르며 깃발처럼 빛과 함께 달리기 시작했다. 부두에는 어디론가 떠나는 배가 있었다. 노르웨이 배였다.

어쩌면 다시 노르웨이로 돌아가는 배인지도 몰랐다. 세계 상업거래의 일환으로 케이블카 163대를 싣고 가는 배. 아, 그것이 바로 무역이었다. 한 나라의 물건을 다른 나라의 물건과 교환하는 것. 초등학생들처럼. 그들은 오슬로의 비오는 봄을 샌프란시스코의 케이블카 163대와 바꾸었는지도 모른다.

리 멜론은 하늘을 바라보았다. 때로 사람들을 처음 만날 때면, 하늘을 응시하기도 한다. 그는 하늘을 오래 응시했다. "뭐해?" 나는 그의 친구가 되고 싶었기 때문에 물었다.

"갈매기를 보고 있어." 그가 말했다. "저것 말이야." 그는 갈매기를 가리켰다. 그러나 새벽을 부르는 갈매기들이 하도 많아서 나는 그가 어떤 것을 가리키는지 몰랐다. 그는 잠시 아무 말이 없었다.

그래, 갈매기를 생각할 수도 있겠지. 우리는 아주 피곤했고, 여전히 취해 있었으며, 숙취에 시달리고 있었다. 갈매기 생각을 할 수도 있지. 그건 쉬운 일이야. 갈매기. 과거와 현재와 미래가 북소리처럼 하늘을 가로질렀다.

우리는 카페에 들러 커피를 마셨다. 우리에게 커피를 가져온 웨이트리스는 세상에서 가장 못생긴 여자였다. 나는 그녀에게 상상 속의 이름을 붙여주었다. 셀마. 나는 그렇게 하는 걸 좋아한다.

내 이름은 제시이다. 그녀를 묘사하려는 어떤 시도도 나보다는 못할 것이다. 하지만 그녀는 커피에서 빛처럼 솟아오르는 수증기로 가득 찬 그 카페에 나름대로 어울리는 것 같았다.

트로이의 헬레네는 이 카페와는 어울리지 않는 이름이었다. "트로이의 헬레네가 뭔데?" 부두 노동자들은 물을 것이다. 그들은 이해하지 못할 것이다. 그래서 우리 같은 사람들은 셸마라고 부르는 것이 제격이다.

리 멜론은 자기가 미시시피 주 메리디언에서 태어나, 플로리다와 버지니아와 노스캐롤라이나에서 자랐다고 내게 말했다. "애슈빌 근처야." 그가 말했다. "토머스 울프의 고향이지."

"그래." 내가 말했다.

리 멜론에게는 남부 억양이 없었다. "넌 남부 억양이 거의 없는데." 내가 말했다.

"그래, 제시. 난 어렸을 때, 니체와 쇼펜하우어와 칸트를 엄청 많이 읽었거든." 리 멜론이 말했다.

나는 그가 무슨 이상한 방법으로 남부 억양을 없앤 모양이라고 생각했다. 어쨌든 리 멜론은 그렇게 생각했다. 나는 도이칠란트 철학자들에게 남부 억양으로 말해본 적이 없어서 거기에 시비를 걸 수는 없었다.

"열여섯 살 때, 시카고 대학에 숨어들어 도강을 했지. 그때 교양 있는 신입생 흑인 여성 두 명과 같이 살았거든." 리 멜론이 말했다. "우리는 한 침대에서 잤어. 그러다 보니 내 남부 억양이 없어진 거지."

"그랬겠네." 나는 내가 무슨 말을 하는지도 모른 채 그렇게 말했다.

세상에서 가장 못생긴 웨이트리스 셸마가 우리에게 와

서 아침 식사를 하겠느냐고 물었다. 핫케이크도 좋고, 베이컨과 달걀도 좋아서 배를 채울 수 있다면서. "만족스러울 거예요." 셀마가 말했다.

나는 핫케이크를 시켰고, 리 멜론은 핫케이크와 베이컨과 달걀, 그리고 핫케이크를 좀 더 시켰다. 그는 셀마에게는 전혀 관심이 없었고, 남부에 대해서 계속 이야기했다.

그는 자기가 버지니아 주 스폿실베이니아 근처에 있는 농장에서 살았고, 어린 시절 윌더니스 전투가 벌어졌던 곳에 자주 놀러갔다고 말했다.

"내 증조할아버지가 거기서 싸우셨지." 그는 말했다. "그분은 장군이셨어. 아주 훌륭한 남부연합 장군이셨지. 난 오거스터스 멜론 장군에 대한 이야기를 들으며 자라났지. 그분은 1910년에 돌아가셨어. 마크 트웨인이 죽은 해에. 핼리 혜성이 발견된 해이기도 하지. 오거스터스 멜론 장군에 대해 들어본 적 있어?"

"아니. 하지만 근사한데." 내가 말했다. "남부연합 장군이라…… 그것 참."

"그래. 우리 멜론 가 사람들은 오거스터스 멜론 장군을 엄청 자랑스럽게 생각하지. 어딘가에 그의 동상도 있어. 그게 어딘지는 모르지만.

벤저민 숙부가 2년 동안 동상을 찾아 헤맸지. 그분은 낡은 트럭을 타고, 밤에는 뒷좌석에서 자면서 남부를 살살이 뒤졌어. 아마도 그 동상은 넝쿨로 뒤덮인 어느 공원에 있을 거야. 사람들은 영예로운 죽음에 대해 합당한 경의를 표하지 않아. 위대한 영웅들 말이야."

아직 계획되지 않은 전투나 생겨나지 않은 전쟁을 주문한 것처럼 접시는 텅 비어 있었다. 나는 세상에서 가장 못생긴 웨이트리스에게 작별인사를 했다. 리는 자기가 계산하겠다고 주장했고, 그제야 셀마를 오랫동안 바라보았다.

아마도 그때 그 여자를 처음 본 것 같았다. 왜냐하면 그녀가 커피와 아침 식사를 가져왔을 때는, 그녀에 대해 한마디도 하지 않았기 때문이었다.

"키스하게 해주면 1달러 주지." 부자 동성애자의 머리를 돌로 쳐서 생긴 돈 중 10달러를 받고 잔돈을 내주던 그녀에게 멜론이 말했다.

"좋아요." 미소도 짓지 않고, 당황하지도 않고, 연기하지도 않은 채 그녀가 대답했다. 마치 리 멜론에게 키스하고 1달러 받는 것이 그녀의 직업상 하는 일처럼 보였다.

리 멜론은 그녀에게 멋진 키스를 해주었다. 둘 중 아무도 웃지 않았다. 그에게는 장난치는 태도가 없었다. 나도 분위기를 받쳐주었다. 우리는 그 후 그 일에 대해서는 언급하지 않았고, 그래서 그 일은 거기서 끝날 뻔했다.

우리가 엠바카데로를 따라 걷고 있을 때였다. 태양이 추억처럼 다시 나타났고 비를 불러오기 시작했는데, 리 멜론이 말했다. "1달러 15센트에 4파운드(약 1.8킬로그램)의 화이트와인을 살 수 있는 곳을 내가 알아."

그래서 우리는 거기로 갔다. 파월 가에 있는 오래된 이탈리아 와인 상점이었는데, 이제 막 문을 열었다. 벽에는 와인 통이 줄지어 있었다. 상점의 중앙은 어두웠다. 지금 생각해보니 그 어둠은 이탈리아산 레드와인과 캘리포니아산 레드와인, 그리고 버건디의 향기로부터 나오는 것이었다.

"화이트와인 반 갤런(약 1.8리터)만 줘요." 리 멜론이 주문했다.

늙은 상점 주인이 선반에서 술병을 내렸다. 그는 병에서 눈에 보이지 않는 먼지를 털었다. 이상한 배관공처럼 그는 와인을 파는 데 익숙했다.

우리는 화이트와인을 들고 그곳을 나와서 발레호 가에 있는 이나 쿨브리스 공원으로 갔다. 이나 쿨브리스는 1860년대 위대한 샌프란시스코 문학 르네상스 때의, 마크 트웨인 및 브렛 하트와 동시대 시인이었다.

이나 쿨브리스는 32년 동안 오클랜드에서 도서관 사서로 일했으며, 작가 잭 런던이 어렸을 때 그에게 처음으로 책을 건네준 사람이었다. 그녀는 1841년에 태어나 1928년에 죽었다. 묘비명에는 '캘리포니아가 사랑한 계관 시인'이라고 쓰여 있다. 남편이 1961년에 총을 쐈지만 빗나간 바로 그 여자였다.

"남부 기사도의 꽃이자 전장의 사자, 오거스터스 멜론 장군을 위하여!" 리 멜론은 4파운드들이 화이트와인 뚜껑을 열면서 말했다.

우리는 화이트와인 4파운드를 마시면서 샌프란시스코만으로 이어지는 발레호 거리를 내려다보고, 그곳을 비추는 아침햇살과, 마린 카운티로 가는 바지선이 전차들을 싣고 가는 것을 바라보았다.

"그분은 대단한 전사셨지." 리 멜론이 화이트와인의 마지막 3분의 1을 자기 입의 '가장자리'로 마시면서 말했다.

남북전쟁에 대한 조그만 관심과 나의 새 동반자에 대한 관심으로 내가 말했다. "모든 남부 장군을 다룬 책을 알고 있어. 425명 전부 말이야." 내가 말했다. "도서관에 가면 있어. 거기 가서 오거스터스 멜론 장군이 어떤 공적을 세웠나 보자."

"좋은 생각이야, 제시." 리 멜론이 말했다. "그분은 내 증

조부셨어. 난 그분에 대해 모든 걸 알고 싶어. 그분은 전장의 사자였어. 오거스터스 장군말이야! 그분이 전쟁에서 성취한 모든 영웅적 행동 만세! 만세! 만세! 만세! 만만세!"

알코올 도수 20퍼센트인 와인을 2파운드씩 마셨으니 알코올 도수 40도가 된 셈이다. 게다가 지난밤에 마신 위스키로 인해 이미 상당히 취해 있었으니 화이트와인 2파운드 곱하기에 제곱이었다. 컴퓨터로나 계산이 되는 이야기였다.

우리가 도서관에 들어가 책장에서 에즈라 워너가 쓴 《회색 제복의 남부 장군들》을 더듬더듬 찾아 꺼내자 사서가 우리를 보았다. 책에는 장군 425명의 전기가 알파벳순으로 실려 있어서, 우리는 오거스터스 멜론 장군이 있을 법한 곳을 찾았다. 도서관 사서는 경찰을 부를지 말지 고민하고 있었다.

우리는 왼쪽 페이지에서 새뮤얼 벨 맥시 장군을 발견했는데, 그에 대한 이야기는 다음과 같았다.

새뮤얼 벨 맥시는 1825년 켄터키 주 탐킨스빌에서 태어났다. 그는 1846년 육군사관학교를 졸업했고, 멕시코 전쟁에서 용맹을 떨쳐 특별 승진했다. 1849년에는 법을 공부하기 위해 전역하고 군대를 나왔다. *1857년 그와, 역시 변호사였던 그의 부친은 텍사스로 이주해 남북전쟁이 발발할 때까지 파트너로 변호사 개업을 했다. 텍사스 주 상원의원에서 물러난 젊은 맥시는 텍사스 9보병부대를 결성해서 대령 계급으로 켄터키 주의 앨버트 시드니 존스턴 장군의 부대에 합류했다. 1862년 3월 4일, 그는 준장으로 진급했다. 그는 이스트 테네시의 허드슨 항구에서 복무하다가, J. E. 존스턴 장군 휘하에서 빅스버그 전투에 참가했다. 1863년 맥시는 인디언 지역 사령관으로 임명되었고, 거기서 군대를 효율적으로 재조직하여 레드리버 전투에 참가한 공을 인정받아, 1864년 4월 18일 커비 스미스 장군에 의해 소장으로 진급했다. 하지만 그는 대통령에 의해 진급된 것은 아니었다. 전쟁이 끝나자 맥시는 텍사스 주 파리에서 변호사 개업을 했고, 1873년에는 주 판사 자리를 고사했다. 2년 후, 그는 미 연방정부 상원의원으로 선출되었고 2년 임기 후 1887년에는 재선에 실패했다. 1895년 8월, 아칸소 주 유레카 스프링스에서 죽었다.*

그리고 오른쪽 페이지에서 우리는 휴 위든 머서 장군의 이야기를 발견했는데, 다음과 같았다.

혁명가 휴 머서 장군의 손자인 휴 위든 머서는 1808년 11월 27일 버지니아 주의 '센트리 박스'라 불리는 프레더릭스버그에서 태어났다. 그는 1828년 육군사관학교를 3등으로 졸업하고, 조지아 주 사바나에서 잠시 복무했는데, 그때 그곳 여자와 결혼했다. 그는 1835년 4월 30일 군에서 전역하고 사바나에 정착했다. 1841년부터 독립전쟁이 발발하기 전까지 그는 그곳 프랜터스 은행의 현금출납원이었다. 조지아 주가 연방에서 탈퇴하자, 그는 제1조지아 의용부대의 대령으로 남부연합군에 입대했다. 그는 1861년 중장으로 진급했다. 전쟁이 계속되는 동안 그는 3개의 조지아 연대로 구성된 여단을 이끌었으며, 1864년에 처음에는 W. H. T. 워커의 사단에서, 그다음에는 클리번의 사단에서 애틀랜타 전투에 참전했다. 건강이 좋지 않아서, 그는 존즈버러 전투 이후에 하디 장군과 사바나까지 동행하는 임무를 맡았으며, 더는 야전 근무를 맡지 않았다. 1865년 5월 13일 조지아 주 메이컨에서 전역을 허가받은 머서 장군은 다음 해에 사바나의 은행원으로 돌아왔다. 그는 1869년에 볼티모어로 이사했고, 위탁받은 상인으로 3년을 일했다. 그의 건강은 더욱 나빠져서, 여생의 마지막 5년을 도이칠란트의 바덴바덴에서 보냈다. 그는 거기서 1877년 6월 9일에 죽었다. 그의 유해는 사바

나로 돌아와 보나벤처 묘지에 묻혔다.

그러나 두 장군 사이에 오거스터스 멜론 장군은 없었다. 밤새 어디론가 은둔한 모양이었다. 리 멜론은 낙담했다. 사서는 우리를 강렬하게 쏘아보고 있었다. 그녀의 눈은 마치 안경처럼 커다랬다.

"이럴 수는 없어." 리 멜론이 말했다. "이럴 수는 없어."

"어쩌면 그분은 대령이었을 수도 있잖아." 내가 말했다. "남군에는 대령이 많아. 대령도 좋은 거야. 남군 대령이면 대단한 거지. 무슨 프라이드 치킨인가 하는 대령도 있잖아."

나는 그를 달래려 했다. 하지만 남군 대령을 얻고 장군을 잃는 것은 쉬운 일이 아니었다.

어쩌면 소령이나 중위였는지도 모른다. 물론 나는 그에게 소령이나 중위 이야기는 하지 않았다. 그랬더라면 아마 그는 울었을 것이다. 도서관 사서는 여전히 우리를 노려보고 있었다.

"그분은 윌더니스 전투에서 싸웠어. 위대한 분이야." 리 멜론이 말했다. "그분은 단 일격으로 북군 양키 대위의 목을 쳐서 머리를 떨어뜨렸어."

"그것 대단한걸." 내가 말했다. "아마도 그분을 빼먹었나

봐. 분명 실수일 거야. 기록은 불타기도 하고, 무슨 일이 일어나서 없어지기도 하니까. 혼란스러운 시대였으니까. 아마도 그래서일 거야."

"틀림없이 그럴 거야." 리 멜론이 말했다. "우리 집안에 남군 장군이 있었다는 사실을 난 알고 있어. 자기 나라를, 사랑하는 남부를 위해 싸운 멜론 장군이 있었던 말이야."

"물론이지." 내가 말했다.

사서는 전화기를 들고 있었다.

"이제 가자." 내가 말했다.

"좋아." 리 멜론이 말했다. "넌 우리 가문에 남군 장군이 있었다는 것을 믿지? 믿는다고 약속해줘. 우리 집안에 남군 장군이 있었던 말이야!"

"약속할게." 내가 말했다.

나는 사서의 입술을 보고 그가 하는 말을 짐작했다. "여보세요? 경찰이지요? 여기 보드빌 도서관인데요."

우리는 재빨리 밖으로 나갔고, 샌프란시스코의 빌딩들 사이의 이름 없는 빈민 구제소로 이어진 거리를 걸어 내려갔다.

"죽을 때까지 우리 멜론 가문에 멜론 장군이 있었다는 것을 믿어줘. 사실이니까. 그게 빌어먹을 사실이라고. 우

39

리 집안에는 남부연합의 장군이 있었어."

"약속하지." 내가 말했다. 그리고 나는 그 약속을 지켰다.

# 본부


## 1

내가 숙소로 추천하며 멜론을 데리고 간 오래된 집은 나름대로 기묘한 방법으로 태평양 위쪽 숲속의 작은 전투에서 성공적으로 싸운, 빅서에서 온 남부의 장군에게 어울리는 곳이었다.

그 집은 아주 친절한 중국인 치과의사의 소유였는데, 현관 홀에는 비가 새고 있었다. 깨진 채광창으로 빗물이 들어와 홀에 물이 가득 차서, 하드우드로 된 마루를 뒤틀리게 했다.

그 집을 방문할 때면, 치과의사는 슈트 위에 아래위가 붙은 푸른색 통옷을 입었다. 그는 자기 통옷을 공구실에 보관했는데, 그 공구실에 공구는 없고, 파란색 통옷만 벽에 걸려 있었다.

그는 거기 와서 방세를 받을 때만 그 통옷을 입었다. 그 통옷은 말하자면 그의 제복이었다. 아마도 그는 한때 군인이었는지도 모른다.

우리는 그에게 비가 새는 곳과, 홀부터 시작해서 뒤편의 부엌까지 이어지는 철썩거리는 물웅덩이를 보여주었지만, 그는 전혀 감동하지 않았다.

"그렇군." 그는 철학적인 반응을 보인 다음, '공구실'로 가서 통옷을 벗어서 걸어놓는 것이었다.

이곳은 결국 자기 건물이니까. 그 건물을 사기 위해 그는 수천 개의 이를 뽑았을 것이다. 아마도 그는 물웅덩이가 있어도 상관없을 것이고, 우리 또한 싼 방세 때문에 할 말이 없었다.


2

리 멜론이 그 낡은 곳을 수년 전 봄에 자신의 샌프란시스코 본부로 삼기 전에 그곳에는 이미 흥미로운 세입자들이 살고 있었다. 나는 다락방에서 혼자 살고 있었다.

다락방 바로 아래에는 예순한 살의 은퇴한 음악 선생이 살고 있었다. 그는 에스파냐 사람이었고, 구세계의 전통과 태도를 빙글빙글 돌리는 풍향계 같은 분위기를 풍겼다.

그리고 그는 나름대로 매니저 역할을 했다. 그는 마치

비가 내리는 중 밖에 널린 낡은 옷을 발견하고, 사이즈가 맞으니 말리기만 하면 자기에게 어울릴 것이라고 생각하는 사람처럼 자기 식으로 매니저 일을 했다.

내가 다락방으로 이사 온 다음 날, 그는 층계를 올라와서 내가 내는 소음 때문에 미치겠다고 말했다. 그는 내게 빨리 짐을 싸서 나가라고 했다. 그는 자기가 내게 세를 줄 때 내 발소리가 그렇게 육중할 줄은 몰랐다고 말했다. 그는 내 발을 보며 말했다. "당신 발은 너무 무거워. 그러니 그 발은 여기 있으면 안 돼."

그 늙은이에게 다락방을 세들 때만 해도 이렇게 될 줄은 몰랐다. 다락방은 수년 동안 비어 있던 것 같았다. 그 평화롭고 조용했던 수년간 그자는 위층에 야생화 사이로 따뜻하고 온화한 바람이 불며, 하천을 따라 선 나무들에 새들이 앉아 있는 목초지가 있다고 생각했던 것 같다.

나는 호른 연주가 들어 있는 모차르트 레코드를 틀어서 그의 귀에 뇌물을 바쳤다. 그랬더니 먹혔다.

"난 모차르트가 좋아." 즉시 내 삶의 짐을 줄여주며 그가 말했다.

그가 음악소리에 미소 짓는 만큼, 나는 내 발이 점점 더 가벼워지는 느낌을 받았다. 내 발도 미소 지었다. 이제 나는 체중이 8킬로그램쯤 되는 것처럼 느꼈으며, 그의 목초지에서 거대한 민들레처럼 춤추었다.

모차르트를 틀어준 일주일 후에 그는 에스파냐로 휴가를 떠났다. 그는 석 달 후에 돌아오겠다고 했지만, 내 발은 여전히 조용하게 다녔다. 그는 자기가 여기 없어도 쿵쿵거리면 다 아는 방법이 있다고 했다. 그 말은 이상하게 들렸다.

그러나 그의 휴가는 그가 기대했던 것보다 더 길어졌다. 왜냐하면 뉴욕으로 돌아오는 길에 그가 죽었기 때문이다. 그는 미국 땅을 불과 몇 피트 남겨놓고 배와 부두를 연결하는 판자 위에서 죽었다. 그는 미국으로 돌아오지 못했지만, 그의 모자는 미국 땅을 밟았다. 그의 머리에서 벗겨진 모자가 굴러서 입국했기 때문이었다.

가엾은 작자 같으니. 사인은 심장마비라고 들었다. 하지만 중국인 치과의사에 의하면, 이가 나빠서였다고 한다.

\* \* \*

그가 나타나기까지는 아직 몇 달 더 있어야 했지만, 바로 그때, 리 멜론의 샌프란시스코의 본부가 들어설 장소가 생겼다. 노인의 짐이 치워졌고, 방이 비었기 때문이다.

## 3

2층에는 두 개의 다른 방이 있었다. 그중 하나에는 몽고메리 가로 출근하는 비서가 살았다. 그녀는 아침 일찍 나가서 저녁 늦게 들어왔다. 주말에는 보이지 않았다.

내가 알기로 그녀는 작은 연극 연기 모임에 속해 있었으며, 시간이 나면 연기 연습을 하며 보냈다. 그러나 정확한 사실은 알 수 없었기에, 다른 일을 했을 수도 있다. 다만 그녀의 다리가 엄청 길어서 나는 그녀가 배우였다고 믿었다.

우리는 모두 2층에 있는 화장실을 같이 사용했다. 하지만 내가 거기 살았던 몇 달 동안 그녀는 그러지 않았다.

## 4

2층의 또 다른 방에는 아침과 저녁에 인사 잘하는 남자가 살고 있었다. 그는 아주 상냥한 사람이었다. 2월 어느 날, 그는 공동 부엌으로 내려와서 칠면조를 구웠다.

그는 오랜 시간 동안 칠면조를 구워 성찬을 준비했다. 요리에는 많은 밤과 버섯이 들어갔다. 구이가 끝나자, 그는 칠면조를 들고 자기 방으로 올라갔으며, 다시는 부엌을 사용하지 않았다.

그날 이후, 내가 수요일로 기억하는데, 그는 더는 아침과 저녁에 우리에게 인사하지 않았다.

5

1층에는 집 앞에 방 하나가 있었다. 거리 쪽으로 난 창문은 열려 있고, 언제나 블라인드로 가려져 있었다. 그 방에는 늙은 여자가 살고 있었다. 그 노파는 여든네 살이었는데, 매달 35센트씩 나오는 정부 연금으로 편하게 살았다.

그 노파는 너무 늙어서 내가 어렸을 때 보았던 만화책의 주인공 '더 힙' 같았다. 그는 제1차 세계대전 때 격추된 도이칠란트 조종사였는데, 부상당한 채 늪지대에서 몇 달 동안 지내다가, 점차 8분의 7은 식물이고, 8분의 1은 인간인 존재로 변해갔다.

'더 힙'은 곰팡이 핀 건초더미처럼 걸어 다녔고, 좋은 일을 했으며, 총알도 그를 어쩌지 못했다. '더 힙'은 만화책에 나오는 악당들을 꽉 껴안아 죽였으며, 그런 다음 고전적인 서부영화에서처럼 말을 타고 석양으로 사라지는 대신, 육중한 걸음걸이로 늪지대로 들어갔다. 그 노파는 그런 모습이었다.

노파가 정부에서 받는 35센트의 연금은 방세를 내고 나면 몇 푼 남지 않아서 그녀는 약간의 빵과 차, 셀러리 뿌리만 살 수 있었다.

어느 날, 나는 호기심에서 미국의 삼류문인 여신인 아델 데이비스가 쓴 《건강을 위해 올바른 음식을 먹자》에서 셀러리 뿌리만 먹으며 살 수 있는지 찾아보았다. 그런데 그건 불가능했다.

100그램의 셀러리 뿌리에는 2밀리그램의 비타민 C를 제외하고는 비타민이 없었다. 미네랄은 칼슘 47밀리그램, 인 71밀리그램, 그리고 철분 0.8밀리그램밖에 없었다. 전함을 만들려면 많은 셀러리 뿌리가 필요할 것이었다.

100그램의 셀러리 뿌리는 《건강을 위해 올바른 음식을 먹자》에 따르면, 3그램의 단백질과 극적인 38칼로리로 그랜드 피날레를 장식했다.

노파는 자기 방에 요리용 핫플레이트를 갖고 있었다. 노파는 모든 요리를 거기에서 했으며 공동 부엌을 쓴 적은 한 번도 없었다. 작은 방의 핫플레이트는 이 나라의 많은 나이 든 사람들의 비밀의 꽃이었다. 룩셈부르크 정원에 대한 쥘 라포르그의 시가 있었는데, 노파의 핫플레이트는 그 시가 아니었다.

하지만 노파의 아버지는 19세기의 부유한 의사였고, 이탈리아와 프랑스에서 경이로운 미국 전기용품의 첫 독점 판매권을 갖고 있었다,

노파는 그게 어떤 전기용품이었는지는 기억하지 못했

지만, 그녀의 아버지는 그걸 대단히 자랑스럽게 생각했으며, 배에서 상품을 실은 컨테이너를 하역하는 것을 흐뭇하게 바라보았다.

유감스럽게도, 그는 그걸 파는 과정에서 돈을 다 날려 버렸으며, 아무도 그걸 사려고 하지 않는 것처럼 보였다. 사람들은 그것이 폭발할까 봐 두려워했다.

노파도 한때는 아름다웠다. 목과 어깨가 파인 드레스를 입은 그녀의 사진도 있었다. 젊었을 때, 그녀의 가슴과 긴 목과 얼굴은 상당히 예뻤다.

그녀는 가정교사였고 이탈리아어, 프랑스어, 에스파냐어, 도이칠란트어, 그리고 다른 비슷한 언어들을 가르쳤다. 하지만 이제는 그녀도 '더 힙'처럼 노쇠해서 젊은 날의 풍요로움은 거의 다 사라지고 없었다.

노파는 평생 독신이었지만, 나는 그녀를 부를 때 언제나 '미세스'를 붙였다. 난 그녀를 좋아했고, 그래서 하루는 와인 한 잔을 권했다. 그녀에게는 아마도 수년 만에 마셔 보는 와인이었을 것이다. 노파는 이 세상에 친구도 친척도 없었다. 그녀는 천천히 와인을 마셨다.

사실 그건 싸구려 와인이었지만, 노파는 좋은 와인이라고 하면서, 자기 아버지의 포도밭에서 생산되던 와인과, 수천 개의 팔리지 않은 전기기구가 시들게 만든 포도에 대해 말했다.

노파는 그 포도밭이 바다 위 언덕에 있었고, 늦은 오후에 포도넝쿨 그늘을 따라 걸었던 이야기를 해주었다. 그건 지중해였다.

그녀의 방에는 오래된 물건들로 가득 찬 가방이 있었다. 그녀는 이탈리아 적십자사가 세운 병원으로 가득 찬 그림책을 내게 보여주었다. 책 표지에는 무솔리니가 있었다. 그가 가로수에 매달려 있지 않아서, 알아보기는 좀 어려웠다. 그녀는 무솔리니가 위대한 사람이었지만, 너무 극단으로 갔다고 말했다. "도이칠란트인과 사업을 해선 안 되는데 그랬어." 그녀가 말했다.

그녀는 자기가 죽으면 자기 물건들은 어떻게 될 것인지 곧잘 큰 소리로 걱정하곤 했다. 사람들이 그려진 낡은 소금통과 후추통, 색 바랜 포목이 있었는데, 그 포목은 84년 동안 드레스나 커튼을 만든 적 없이 그대로 보관되어 있었다.

그녀가 죽으면 사람들은 그 포목을 셀러리 뿌리에 넣었다가 셀러리 뿌리로 군함을 만드는 방법을 생각해낼 것이며, 그러면 그녀의 물건들은 파도를 타고 여행할 것이었다.

# 6

공동 부엌은 집 뒤의 맨 아래층에 있었다. 부엌 입구에는 큰 방이 하나 붙어 있었다. 은퇴한 음악 선생이 에스파냐로 가기 전에는 거기에 조용하고 전형적인 중년 여자가 살고 있었는데, 그녀는 언제나 부엌으로 통하는 문을 열어놓았다. 마치 그녀가 그 공동 부엌을 자기 부엌으로 생각하고, 외부 사람들이 자신의 부엌에서 요리하는 것으로 여기는 것처럼 보였다. 그녀는 언제나 부엌을 들락거리며 사람들을 노려보았다.

나는 내 초라한 자취 음식을 은밀히 요리하고 싶었지만, 그 여자가 언제나 지켜보고 있었고, 난 그것이 싫었다. 말이 없고 전형적인 중년 여자가 지켜보는 가운데 저녁 식사로 비프 앤드 누들 수프를 끓이는 것을 그 누가 좋아하겠는가?

어쨌거나 그건 공동 부엌이었는데 말이다. 자기가 요리할 때야 방문을 열어놓는 것이 당연하겠지만, 내가 요리할 때는 문을 닫아야 하지 않겠는가? 어쨌거나 그건 공동 부엌이니까 말이다.

그 음악 선생이 뉴욕에서 쓰러져 죽느라 바쁠 때 그 여자가 나가고 젊은 여자 세 명이 그 방에 들어왔다. 그중 한 명은 금발의 운동선수 분위기로 예뻤고, 나머지 둘은 못생겼다.

그 예쁜 여자 주위에는 수많은 남자들이 들끓었고, 그 여자 혼자 많은 남자들을 다 상대할 수 없었기 때문에, 자연히 나머지 두 여자도 관심의 대상이 되었다.

나는 그런 패턴을 수없이 봐왔다. 못생긴 여자와 같이 사는 예쁜 여자. 만일 예쁜 여자가 내 차지가 안 되면, 남자들은 못생긴 여자라도 좋다고 생각하게 된다. 그래서 못생긴 여자에게도 남자들이 몰리게 된다.

그 부엌방은 마치 벌집과도 같았다. 여자들은 워싱턴 동부의 작은 컬리지 출신이어서 대부분 깔끔한 대학생이나 대학 졸업생들의 관심을 불러 모았다.

그 여자들이 더욱 세련되어지고, 코스모폴리탄 시의 맥박으로 인정받게 되자. 이번에는 버스 운전기사들이 몰려들기 시작했다.

너무나 많은 버스 기사들이 어슬렁거리고, 제복을 입은 채 구애하다 보니, 그곳은 마치 자동차 창고처럼 보였다.

때로 나는 내가 햄버거를 튀기는 것을 바라보는 너댓 명의 버스 기사들을 위해 식사를 준비하기도 했다. 기사 중 하나는 넋을 넣고 환승권을 찍는 펀치를 짤깍거리고 있었다.

## 태평양 가스·전기 회사에 대한 용감한 기병대의 공격

리 멜론이 리븐워스 가의 내 아래층에 산 지 2주가 된 어느 날 아침, 나는 침대에서 일어나 주위를 둘러보았다. 목초지는 급속도로 시들고 있었다. 잔디는 갈색이 되었으며, 하천은 거의 말라버렸다. 꽃은 다 떨어지고, 나무들도 쓰러져 옆으로 누웠다. 나는 노인이 죽은 후, 새나 짐승을 한 마리도 보지 못했다. 그것들은 다 떠나버렸다.

나는 내려가서 리 멜론을 깨우기로 했다. 그래서 침대에서 일어나 옷을 입고, 그의 방으로 가서 노크했다. 커피나 차를 마실 생각이었다.

"들어와." 리 멜론이 말했다.

문을 열자, 그는 젊은 여자와 함께 침대에 있었다. 그들의 뒤엉킨 발이 침대 한쪽 모서리에 튀어나와 있었다. 처음에는 그들이 섹스를 하는 줄 알았는데, 그건 아니었다.

하지만 방금 그 짓을 끝낸 것 같았다. 방에서는 큐피드의 체육관 같은 냄새가 났다.

나는 선 채로 문을 닫았다.

"여긴 수전이야." 리 멜론이 말했다. "저 사람은 내 친구."

"안녕하세요." 그녀가 말했다.

블라인드가 내려져 있고, 창밖의 강한 햇빛 때문에 방은 노란색이었다. 방은 엉망진창이었다. 책, 옷, 술병 들이 일부러 그런 것처럼 무질서하게 널려 있었다. 그것들은 다가올 중요한 전투의 지도 같았다.

나는 잠시 그들과 대화를 나누었다. 그런 다음, 우리는 아래층의 공동 부엌으로 가서 아침을 먹기로 했다.

그들이 옷을 입는 동안 나는 복도로 나왔고, 우리는 다 같이 아래층으로 내려갔다. 여자는 블라우스를 입었다. 리 멜론은 구두끈을 매지도 않았다. 그들은 아래층으로 내려가는 내내 지렁이처럼 느릿느릿 걸었다.

여자가 아침을 만들었다. 이상하게도 나는 아직도 그 여자가 만든 아침을 기억하고 있다. 그건 파와 크림치즈가 들어간 스크램블드에그였다. 그녀는 또 통밀빵 토스트를 구웠으며, 맛 좋은 커피를 끓였다. 그녀는 젊었으며 유쾌했다. 살이 좀 찌긴 했지만 예뻤고 몸매도 좋았다. 통통하고 귀엽다는 말이 가장 어울렸지만, 그냥 소녀다운 통통합일 뿐, 뚱뚱한 것은 아니었다.

그녀는 존 스타인벡의 《의심스러운 싸움》에 대해 열심히 이야기했다. "과일 따는 가엾은 노동자들 이야기야." 그녀가 말했다. 리 멜론은 그녀의 말에 동의했다. 마침내 식사 후에 그들은 다시 방으로 올라가서 미래에 대해 논의했다.

나는 다운타운으로 가서 마켓 스트리트의 벼룩시장에서 동시상영 영화 세 편을 보았다. 그건 내 나쁜 버릇이었다. 때로 나는 스크린에 비치는 납작하고 커다란 사람들이 커다란 불빛을 가로질러 마치 토네이도의 내부에서 꿈지락거리는 벌레들처럼 앞뒤로 움직이는 것을 보며 내 감각을 혼란시키고 싶은 욕망에 휩싸였다.

나는 여자를 찾지 못해 극장에 온 해군들, 일광욕장 대신 극장을 찾아온 늙은이들, 비활동적인 몽상가들, 그리고 고대 루시타니아 왕국의 유방 모양의 눌림쇠가 타이탄처럼 거대한 모자를 쓴 치아와 키스하는 것을 바라봄으로써 치료를 받으러 극장에 온 가난하고 아픈 사람들과 같이 앉는 것을 좋아한다.

세 영화 다 내 취향이었다. 하나는 괴수 영화였고, 또 하나는 카우보이 영화였으며, 마지막 하나는 싸구려 애정영화였다. 나는 천장을 노려보고 있는 남자의 옆자리에 앉았다.

그 여자는 리 멜론과 사흘을 같이 지냈다. 그녀는 열여섯 살이었고, LA 출신이었다. 유대인이었고, 그녀 아버지는 세풀베다 대로에서 '냉장고의 왕'이라 불리는, LA의 가전제품 상인이었다.

그녀의 아버지는 사흘째 되던 날 끝 무렵에야 나타났다. 그 여자는 가출을 했는데 돈이 떨어지자 아버지에게 전화해서 어떤 남자하고 살고 있고 돈이 필요하니 부쳐달라고 주소를 준 모양이었다.

여자의 아버지는 딸을 데려가기 전에 리 멜론과 이야기를 했다. 그는 리 멜론에게 자기는 이번 일로 어떤 말썽도 원하지 않으며, 다시는 자기 딸을 만나지 말아달라고 말했다. 그는 리 멜론에게 20달러를 주었고, 멜론은 돈을 받으며 고맙다고 말했다.

냉장고의 왕은 리 멜론을 혼내줄 수도 있지만, 말썽을 일으키고 싶지 않다고 말했다.

"다시는 내 딸을 만나지만 않는다면 아무 문제 없을 걸세."

"그럼요." 리 멜론이 말했다. "무슨 말인지 잘 알아들었습니다."

"나도 문제를 원하지 않고, 자네도 그렇지. 그러니 여기서 끝내자고." 여자의 아버지가 말했다.

"예." 리 멜론이 대답했다.

냉장고의 왕은 자기 딸을 LA로 데리고 갔다. 비록 아버지가 차에서 딸의 뺨을 때리고 '화냥년'이라고 부르기는 했지만, 괜찮은 모험이었다. 그 일이 있고 얼마 후, 리 멜론은 집세를 낼 돈이 없어서 거기를 나와 오클랜드를 공략했다. 그 공략은 몇 달 동안 계속되었지만, 단 한 건만 그가 공세를 취했던 별 볼 일 없는 공략이었다. 그가 공세를 취한 곳은 퍼시픽 가스·전기 회사였다.

리 멜론은 캘리포니아 시골에 있는 정신병원에서 C급 탁구 챔피언으로 있는 친구가 버리고 간 집에서 살기 시작했다. A, B, C급 구분은 환자에게 가해지는 전기충격의 횟수에 따라 결정되었다. 그 집의 가스와 전기는 닭을 집에서 키웠다는 이유로 친구의 어머니가 어디론가 실려간 1937년에 끊어졌다.

물론 리 멜론은 전기와 가스 공급을 재개할 돈이 없었기 때문에, 터널을 파서 가스 파이프에 접근한 다음, 가스를 훔쳤다. 그렇게 해서 그는 요리도 하고 난방도 했지만, 한 번도 가스를 제대로 써보지는 못했다. 그가 급조한 밸브를 열어 불을 켜면 언제나 6피트(약 182센티미터)나 되는 길고 푸른 불꽃이 튀어나왔기 때문이었다.

그는 낡은 석유등을 찾아 불을 밝혔다. 그가 갖고 있는 오클랜드 공립도서관 대출카드가 즐길 거리를 제공했다. 그는 사람들이 "난 러시아 작품들을 읽어요"라고 말할 때 보이는 무게로 러시아 작품을 읽었다.

돈이 없으므로 먹을 것은 늘 부족했다. 리 멜론은 직장을 가지려 하지 않았다. 그러나 직장 없이 오클랜드를 공략하는 것은 결코 쉽지 않았다. 그래서 그는 늘 배가 고팠지만, 그래도 자신의 안정적인 가스·전기 공급 방식을 포기하지 않았다. 그래서 그는 거리에서 구걸하거나, 레스토랑의 뒷문을 어슬렁거리거나, 하수구에 빠진 동전을 주워서 그럭저럭 먹고살아야 했다.

그렇게 공략을 하고 다니는 동안에는 술을 삼갔고 여자도 멀리했다. 한번은 그가 내게 말했다. "난 다섯 달 동안이나 섹스를 못 했어." 그 말을 하면서 그는 마치 날씨 이야기를 하는 것처럼 태연했다.

"비가 올 것 같아?"

"아니. 왜 비가 와야 하는 건데?"

어느 날 아침, 수전이 리븐워스 스트리트에 나타나서 말했다. "리 멜론을 만나야 해. 급한 일이야."

내가 봐도 급한 일 같았다. 그녀의 모습이 그렇게 말해주고 있었는데, 못 본 동안 배가 엄청 불어나 있었다.

"어디 사는지 몰라." 나는 거짓말을 했다. "어느 날 갑자기 어디로 간다고 말도 없이 사라졌거든." 나는 거짓말을 했다. "어디 있는지 몰라." 나는 거짓말을 했다.

"이 근처에서 못 봤어?"

"응." 나는 거짓말을 했다. "그냥 사라져버렸어." 나는 거짓말을 했다.

나는 차마 그가 오클랜드에서 극빈에 시달리며 산다고 말할 수는 없었다. 그의 유일한 위안은 가스관까지 터널을 뚫는 것이고, 그 의심스러운 노동의 대가가 6피트짜리 푸른 불꽃이며, 그의 눈썹이 다 타버려서 없다고는 차마 말할 수 없었다.

"그냥 사라져버렸어." 나는 거짓말을 했다. "그의 행방을 아는 사람이 없어." 나는 거짓말을 했다.

"그 사람을 만나면 내가 꼭 만나야 한다고 전해줘. 아주 중요한 일이야. 난 컬럼버스 애비뉴의 샌 제로니모 호텔 34호실에 묵고 있어."

그녀는 주소를 적어서 내게 건네주었다. 난 그것을 주머니에 넣었다. 그녀는 내가 쪽지를 집어넣는 것을 보고 있었다. 심지어는 내가 주머니에서 손을 뺀 다음에도 그 쪽지를 바라보고 있었다. 그게 내 주머니 속, 빗 뒤에, 똘똘 뭉친 캔디바 포장지 옆에 있는데도 말이다. 그녀가 그

캔디바의 상표까지도 알아맞힐 수 있으리라는 데에 돈이라도 걸 수 있다는 생각이 들었다.

나는 다음 날 리 멜론을 만났다. 그가 나를 찾아왔기 때문이었다. 그가 오클랜드에서 샌프란시스코까지 히치하이크해서 오는 데는 아홉 시간이나 걸렸다. 그는 아주 지쳐 보였다. 나는 그에게 수전 이야기를 해주었다. 엄청 중요한 일이라는 말까지. 나는 그에게 그녀가 임신한 것처럼 보였고, 그렇게 행동했다고 말해주었다. 적어도 내 생각에는 말이다.

"그렇게 됐겠지." 아무런 감정도 없이 리 멜론이 말했다. "하지만 내가 할 수 있는 일은 없어. 난 굶주리고 있어. 여기 먹을 것 좀 없냐? 샌드위치나 달걀이나, 스파게티 같은 것. 아무것도 없어?"

그 뒤로 리 멜론은 단 한 번도 수전 이야기를 하지 않았다. 나 또한 그녀 이야기는 화제에 올리지 않았다. 그는 오클랜드에서 몇 달 더 살았다.

그는 훔친 전기다리미를 전당포에 잡히려고 했다. 그는 하루 종일 전당포를 전전했지만 아무도 그걸 원하지 않았다. 리 멜론은 그 다리미가 서서히 외다리 알바트로스로 변해가는 것을 보았다. 그는 그것을 버스 정류장의 벤치에 놓고 와버렸다. 신문지에 싸인 그것은 마치 쓰레기처럼 보였다.

다리미를 전당포에 잡히지 못한 좌절감이 그의 오클랜드 공략을 중지시켰다. 다음 날 그는 그곳을 떠나 빅서로 돌아왔다.

여자는 여전히 샌 제로니모 호텔에서 살았다. 불행했기 때문에 그녀는 점점 더 살이 쪄서, 버섯과 갑상선 사이의 십자가처럼 보였다.

그녀는 나를 볼 때마다, 근심스럽게 리 멜론을 보지 못했느냐고 물었다. 나는 언제나 못 보았다고 거짓말을 했다. 그가 사라져 우리 모두 의아해하고 있다고. 내가 달리 무슨 말을 할 수 있겠는가? 가엾은 여자 같으니. 그래서 나는 숨도 안 쉬고 거짓말을 했다, 못 보았다고.

나는 늘 거짓말을 했다, '노'라고. 노 노 노 노 노 노 노 노 노라고. 또다시 거짓말을 했다. 노 노 노 노 노 노 노 노 노 노라고. 그는 그냥 지상에서 사라졌다고.

세풀베다 대로의 냉장고 왕인 그녀의 아버지는 그녀를 내쫓았다. 처음에 그는 멕시코의 티후아나에 있는, 셰브론 주유소처럼 깨끗하고 멋진 낙태수술 병원에 가자고 주장했다. 그러나 그녀는 싫다고, 아이를 낳겠다고 맞섰다. 그는 딸을 내쫓으며 매달 생활비를 줄 테니 다시는 LA로 돌아오지 말라고 했다. 아이가 태어나자, 그녀는 그 아이를 입양 보냈다.

열일곱 살에 그녀는 노스 비치에서 유명인사가 되었다. 그녀는 순식간에 100파운드(약 45킬로그램) 이상 살이 쪘으며, 흙으로 된 퇴비처럼 지방질로 겹겹이 둘러싸여 거대하고 그로테스크하게 보였다.

그녀는 자기가 화가라고 결정했으며, 영리했기 때문에 직접 그림을 그리는 것보다는 그림에 대해 이야기하는 것이 더 쉽다는 것을 깨달았다. 그래서 그녀는 술집에 가서 반 고흐 같은 천재 화가들에 대해 이야기했다. 그녀가 언제나 말하던 또 다른 화가가 있었는데, 이름은 잊어버렸다.

그녀는 시가를 피웠으며 반(反) 도이칠란트적 태도를 보였다. 시가를 피우며, 그녀는 모든 도이칠란트 남자들을 서서히 거세시켜야 하며, 아이들은 눈에 파묻어야 하고, 여자들은 저주받은 소금광산에 보내 눈물로 소금을 파내게 해야 한다고 말했다.

아이를 낳은 지 한참 지난 후에도 그녀는 뒤뚱거리며 내게 다가와서 리 멜론을 보았느냐고 묻곤 했다. 그러면 나는 언제나 못 보았다고 거짓말했다. 나중에는 그것이 농담이 되었는데, 왜냐하면 그녀는 내가 거짓말한다는 것을 알았고, 실제로 그녀가 그를 보기도 했지만, 이제는 아무런 관심도 없어졌기 때문이었다. 그럼에도, 그녀는 여전히 내게 "리 멜론을 보았어?"라고 물었다. 이제는 그녀가 거짓말을 하는 셈이 되었다. 우리 입장은 이제 뒤바뀌었다. "아니, 못 보았어." 나는 당당하게 말할 수 있었다.

그 후 수년간 그녀는 아이를 갖는 데 재미를 들였다. 그래서 그녀는 베이비 공장으로 변해갔다. 뚱뚱한 여자와 자고 싶어하는 남자들은 언제나 있었다. 아기가 태어나면 그녀는 즉시 입양 보냈다. 당시 그것은 유행이었고, 그녀는 곧 그것에도 싫증을 냈다.

그녀는 스물한 살이 되었다. 이제는 어느덧 구세대 여자가 되어, 노스 비치에서의 명성도 차츰 시들어갔다. 그녀는 이제 술집에도 안 가게 되었고, 천재 화가나 나쁜 도이칠란트인에 대해서도 이야기하지 않았다. 심지어 시가도 피우지 않았다. 이제 그녀는 하루종일 영화만 보았다.

이제 그녀는 뚱뚱한 몸을 이끌고 날마다 극장에 갔으며, 영화 속에서 눈 폭풍이 있을 때를 대비해서 4-5파운드(약 2킬로그램)의 음식을 들고 극장에 들어갔기 때문에, 극장 매점을 북극처럼 얼어붙게 했다.

한번은 길거리 모퉁이에서 리 멜론과 이야기하고 있는데, 그녀가 내게 다가왔다. "리 멜론을 본 적 있어?" 그녀는 얼굴에 커다란 미소를 지으며 내게 거짓말을 했다.

"아니." 나도 이제는 당당하게 거짓말을 할 수 있었다.

리 멜론은 우리의 게임에 아무런 관심도 보이지 않았다. "신호등 바뀌었어." 리가 말했다. 리는 회색 남군 군복을 입었으며, 그가 길을 건너는 동안 허리에 찬 칼이 달그락거렸다.

**제 2 부**

# 빅서에서 리 멜론과 벌인 캠페인

A CONFEDERATE
GENERAL FROM
BIG SUR

# 도착한 편지와 답장

캘리포니아, 빅서
리 멜론 앞
(일반우편)

리 멜론에게

빅서에서 잘 지내고 있지? 샌프란시스코는 끔찍해. 난 사랑이 알 수 없는 방법으로, 마치 벌들이 그러는 것처럼 위장으로 내려가 소화되고, 사랑의 게임이 이사크 바벨이 《붉은 기병대》에서 묘사하는 벌처럼 식어버릴 수도 있다는 사실을 고통스럽게 깨닫고 있어.

그 책에서 벌들은 병사들이 벌집을 폭파한 후 어쩔 줄 몰라했지. 그 '신성한 벌 공화국'은 무정부적으로 산산조각이 나버렸으니까. 벌들은 공중에서 맴돌다가 죽어버렸어.

바로 그게 요즘 내 위장에서 일어나는 일이야. 살벌한 광경이지. 나는 거기서 빠져나갈 길을 찾고 있어. 편지가 너무 감상적이어서 미안해. 하지만 난 불행해.

너의 친구, 제시

**# 답장 1**

잘됐네! 여기로 내려오지그래. 난 지금 실오라기 하나 걸치지 않은 채, 바다의 고래를 보고 있어. 여긴 지낼 데가 많아. 술이나 가져와. 위스키 말이야!

언제나 한결같은, 멜론

**# 도착한 편지 2**

캘리포니아, 빅서

리 멜론 앞

(보통우편)

리 멜론에게

난 이 여자와 사랑에 빠졌지만, 양파가 엎어져서 지옥 같아. 나도 빅서에 가고 싶어. 아직 거기는 가본 적이 없어.

그런데 옷을 벗은 채 고래를 본다는 건 무슨 말이야?

너의 친구, 제시

# 답장 2

내가 말한 그대로야, 옷을 벗은 채로 빌어먹을 고래를 보는 거! 너 여기 와서 야생쑥 같은 빅서의 바다 냄새를 맡을 생각 없냐? 느낌이 안 와? 냄새 맡는 코를 그려 보내야 알겠어? 그 계집애에게 달나라로 꺼지라고 하고 위스키나 갖고 여기로 내려와, 전복도 따고, 절벽에서 오줌도 싸게.

언제나 한결같은, 멜론

# 도착한 편지 3

캘리포니아, 빅서<br>리 멜론 앞<br>(보통우편)

리 멜론에게

이 여자를 떼어내야 하는데. 정말 잘 안 돼. 이 여자는 내 위장을 떠돌다가 이제는 내 간을 공격하고 있어.
거기 피난처가 있어? 내 말은, 쉴 곳이 있느냐고.

너의 친구, 제시


# 답장 3

이런, 제기랄! 여자 때문에 순교자가 되지는 마. 여자에
대한 내 철학 잘 알지? 무조건 옷을 벗기고 보는 거야.
물론 여기 네가 쉴 곳이 있지. 도대체 내가 어디서 산다
고 생각해? 토끼굴에서 사는 줄 알아? 오클랜드에서의
일은 예외야. 러시아 사람을 알려면 적당한 분위기가
필요한 법이야. 여기에는 집 네 채와 리 멜론만 있어.
오늘 아침에는 해변 야생쑥 덤불을 어슬렁거리는 북미
산 늑대를 보았지—다음 정류장이 중국이라도 되는 것
처럼 어슬렁거리던걸. 늑대는 자기가 뉴멕시코나 와이
오밍에 있는 것처럼 행동했어. 다만 그 밑에 고래들이
지나고 있는 것만 달랐지. 이게 바로 이 나라가 우리에
게 제공해주는 거야. 빅서에 와서, 네 영혼이 밖으로 나
와 휴식을 좀 취하게 해줘.

언제나 한결같은, 멜론

캘리포니아, 빅서
리 멜론 앞
(보통우편)

리 멜론에게

이 여자가 내게 끼친 슬픔을 묘사할 만한 말이 없어. 그
녀는 일주일 내내 충격에서 벗어나지 못하고 있어.
'벌들의 신성한 공화국'이 바다로 흘러가고 있어. 이런
일이 일어나리라고는 전혀 생각하지 못했어. 도무지 어
찌할 바를 모르겠어. 그 오두막에 난로는 있니?

너의 친구, 제시

물론 난로가 있지! 오두막에는 각각 열두 개의 난로가
있어. 그 여자에 대해서 결정을 내려. 그 여자가 네 그
것을 꼭 붙잡고 놔주지 않게 두지 마. 그 여자에게 달
나라로 가버리라고. 너는 빅서에 가서 늑대가 어슬렁거
리는 캠프에서 영혼을 즐겁게 해야겠다고 말해. 하늘이
차갑게 얼어붙을 때까지는 위스키를 데울 열두 개의 난
로가 있는 오두막에서 살러 가야 한다고 해.

언제나 한결같은, 리 멜론

# 도착한 편지 5

캘리포니아, 빅서

리 멜론 앞

(보통우편)

리 멜론에게

그 여자와 나는 화해하고 있어. 지난 며칠 동안은 즐거
웠지. 빅서에 그녀를 데리고 갈까 봐.

그 여자의 이름은 신시아야. 너도 그 여자를 진짜 좋아
할 거야.

그나저나, 네 편지가 점점 문학적이 되어가는구나.

너의 친구, 제시

# 답장 5

네 편지도 문학적이야. 지금 내 배 속은 사슴고기, 소고
기, 비스킷, 그리고 그레이비로 가득 차 있어. 신시아라
고? 집어치워, 얼간아! 신시아라고? 그동안 나한테 주
절댄 것이 신시아에 대한 울보의 편지였던 거야? 내가

정말 신시아를 좋아할 것 같아? 이제야 알겠군, 이제야 알겠어. 신시아라고 그랬지? 그렇지? 리? 이제 네가 전복에게 먹이를 줄 차례야. 아니면 내 차례인가, 리? (그녀의 목소리에서 두려움과 역겨움의 소리가 들리는 것 같군.) 그래, 신시아. 전복이 부르고 있어. 먹이를 달래. 오, 리! 안 돼. 안 돼. 안 돼.

언제나 한결같은, 리 멜론


**# 도착한 편지 6**

캘리포니아, 빅서

리 멜론 앞

(보통우편)

리 멜론에게

네가 왜 신시아를 싫어하는지 모르겠다. 아직 만나지도 않았잖아. 그 여자는 대단한 사람이고, 어떤 환경에도 쉽게 적응할 줄 아는 사람이야. 또 신시아라는 이름이 뭐가 문제야? 너도 그 여자를 진짜 좋아할 거야.

너의 친구, 제시

물론 나도 그 여자를 좋아하겠지! 미국 영어 선생의 4분의 3이 신시아이고, 도서관 사서의 3분의 2가 신시아이지. 사교계 여자의 2분의 1이 신시아야. 그러니 신시아가 하나 더 있은들 그게 뭐 대수냐, 이 얼간아.

개구리연못에서 개구리들이 울고 있다. 여기는 전기가 안 들어와서, 등불 빛에 의지해 이 편지를 쓰고 있어. 전선이 5마일(8킬로미터) 떨어진 곳까지만 들어오는데, 차라리 잘된 것 같아. 누가 전기를 필요로 하겠어? 오클랜드에서도 전기 없이 살았지.

나는 도스토옙스키, 투르게네프, 고골, 톨스토이 같은 러시아 작가들을 읽고 있어. 그런데 전기가 왜 필요하겠냐? 여기 올 때 신시아 데려오는 것 잊지 마. 그 여자를 만나보고 싶다. 신시아에게 조그만 콧수염이 있냐? 한때 네바다 배틀 마운틴에서 온 도서관 사서를 만난 적이 있는데, 조그만 콧수염이 있고, 이름이 신시아였지. 그 여자는 진짜 시인에게 자기 순결을 바치려고 버스를 타고 샌프란시스코까지 왔지. 그리고 그런 시인을 찾았는데, 그게 바로 나였지!

누가 아니, 네 애인이 바로 그 여자인지도 모르잖아? 그 여자에게 배틀 마운틴에 대해 물어보고 그곳의 비밀

인 배틀 마운틴 앤솔러지에 대해 물어봐. BM, BM에
대해 물어봐!

언제나 한결같은, 리 멜론

# 도착한 편지 7

캘리포니아, 빅서
리 멜론 앞
(보통우편)

리 멜론에게

내 생애 가장 끔찍한 일이 방금 일어났어. 내가 이런 말
을 하리라고는 상상도 못했는데, 신시아가 나를 버리고
떠났어.

이제 난 어떡하면 좋아? 이번에는 생활비를 벌겠다고
떠나갔어. 오늘 아침에 케치칸으로 떠났어.

난 망연자실해 있어. 배움에는 나이가 없다는 말을 증
명하려는 것이라는데, 그게 무슨 뜻일까?

너의 친구, 제시

힘내, 친구야! 아직 빅서에서 너를 기다리는 리 멜론과 오두막이 있잖아. 아주 좋은 오두막이야. 태평양 해안 절벽에 있는 오두막이지. 난로가 있고 삼면이 유리로 되어 있지. 아침이면 침대에 누워서 수달들이 그 짓을 하는 걸 볼 수 있지. 아주 교육적이야! 세상에서 가장 멋진 곳이야.

신시아에 대해서 내가 뭐라고 했냐? 네 신시아는 아마도 배틀 마운틴 출신인데, 케치칸을 거쳐서 온 여자일 거야. 내 말 잘 들어─도서관의 신시아 한 사람이 자루 속에 든 두 신시아보다 낫다.

언제나 한결같은, 리 멜론

캘리포니아, 빅서
리 멜론 앞
(보통우편)

리 멜론에게
신시아에게서 아무 소식이 없어. 내 배 속에 있는 벌들은 다 죽어서. 이제 난 거기 익숙해지고 있어.

이게 마지막이야. 될 대로 되라지.

빅서에서는 어떻게 살지? 내게 몇 달러는 있는데, 거기 빅서에서 돈 좀 벌 수 있을까?

너의 친구, 제시

여기에는 사철 채소가 자라는 정원이 있어. 사슴을 잡을 수 있는 30:30구경 윈체스터 총도 있고, 토끼와 메추리를 잡을 수 있는 22구경 총도 있지. 낚싯대도 몇 개 있고, 〈문어 달밤〉이라는 잡지도 있어. 우린 문제없이 잘 지낼 수 있어. 뭘 원하는데? 케치칸 또는 배틀 마운틴 출신 쿠키인 네 진정한 사랑 신시아에 대한 고통을 흡수할, 털로 장식한 크리넥스라도 필요하니?

위스키 챙기는 것 잊지 말고 빨리 빅서로 와. 난 위스키가 필요해!

"벽난로에 장작 하나 더 넣을까." 리 멜론이 말했다. "하나 더 넣어야 할 것 같은데. 어떻게 생각해?"

나는 불을 바라보았다. 그리고 생각했다. 어쩌면 너무 오래 생각했는지도 모른다. 빅서에서 살면 그렇게 된다.

"그래, 하나 더 넣어라." 드디어 내가 말했다. 그러고는 오두막 반대편으로 가서 부엌의 벽에 난 구멍으로 나가서 장작더미에서 장작 하나를 집어 들었다.

장작은 젖어 있었고, 밑에는 곤충들이 붙어 있었다. 나는 부엌 벽에 난 구멍으로 다시 들어와서 벽난로에 장작을 넣었다.

어떤 벌레들은 황급히 장작 위로 기어 올라왔고, 나는 천장에 머리를 부딪쳤다. "조금 지나면 익숙해질 거야." 155센티미터 높이의 천장을 가리키며 리 멜론이 말했다. 장작 위에서는 곤충들이 서서, 불 사이로 우리를 바라보고 있었다.


그래…… 그래. 저 천장. 리 멜론이 저 천장에 책임이 있어. 사연을 들은 적이 있지. 진을 세 병이나 마시고, 언덕 바로 옆에 이 오두막을 지었다지. 그래서 한쪽 벽은 흙이고. 벽난로는 나중에 언덕을 깎아서 만들었고, 다른 쪽 벽은 해변에서 가져온 돌들로 채워졌지.

그들은 엄청 더운 날씨에 벽을 세워야 했고, 그래서 진을 세 병이나 마셔댔지. 리 멜론은 계속 마셔댔고, 심리상태가 좀 이상한 종교적인 또 다른 녀석도 계속 마셔댄 거야. 물론 그건 그의 술이었고, 그의 땅이었으며, 그의 자재

였고, 그의 엄마였으며, 그의 유산이었지. 그래서 리 멜론이 말했지. "구멍은 충분히 깊게 판 것 같아. 하지만 기둥이 너무 길어서 톱으로 좀 썰어야겠어."

그다음에는 어떻게 된 건지 눈치챘을 거야. 문제가 된 건 정확하게 세 단어였지. "톱으로 좀 썰어야겠어." 하지만 그 종교적인 녀석은 그러라고 했어. 심리상태가 좀 이상했으니까. 그의 혼란스러운 두뇌 속에서 태양, 술, 푸른 하늘, 그리고 반사된 태평양이 빙빙 돌았지. *"그럼. 리 멜론보고 자르라고 하지 뭐. 어쨌건 무슨 상관이야. 여긴 너무 더워서 견딜 수가 없어."* 그래서 오두막의 천장이 155센티미터가 된 거야. 아무리 키 작은 사람이라도 쾅! 하고 머리를 박을 수밖에.

나중에는 천장에 머리를 부딪치는 사람들을 구경하는 것이 재미있게 되었지. 아무리 거기서 오래 살아도, 여전히 머리를 부딪치게 되는 거야. 그 천장은 인간의 지능과 근육작용을 초월해 존재했어. 그것과 싸워서 이길 수 있는 유일한 승리는, 천천히 움직여서 천장에 부딪치는 충격을 줄이는 것뿐이었어. 그건 대단한 물리학 법칙이었을 거야. 무슨 멋진 이름이 있겠지. *장작 위에서는 곤충들이 서서, 불 사이로 우리를 바라보고 있었다.*

리 멜론은 판자벽에 기대어 낡은 사슴 가죽 카펫에 앉

아 있었다. 중요한 것은, 각 벽을 구분해야 한다는 점이었다. 왜냐하면 각각의 벽이 각기 다른 위험한 물질로 만들어졌기 때문이었다.

언덕 쪽으로는 흙벽이 있었고, 나무로 된 벽이 있었으며, 유리로 된 벽이 있었고, 벽이 없는 벽도 있었는데, 바람이 들어오는 그곳은 좁은 길로 이어져 있고, 그 길은 개구리연못을 돌아서 마치 제1차 세계대전에 나갔던 비행기의 한쪽 날개처럼 계곡 위로 위태롭게 뻗은 부두와 만났다.

리 멜론은 그 오두막에서 가장 믿을 만한 벽인 나무판자벽에 기대어 앉아 있었다. 빅서에 머무는 동안 나는 딱한번 유리벽에 기댄 사람을 보았는데, 강박적으로 누드로 돌아다니는 여자였다. 우리는 그녀를 몬터레이에 있는 병원으로 데리고 가서, 의사들이 유리에 베인 그녀의 상처를 봉합하는 동안 철물점에 가서 새 유리를 사야 했다. *장작 위에서는 곤충들이 서서 불 사이로 우리를 바라보고 있었다.*

나는 누군가가 시인 윌리엄 카를로스 윌리엄스를 조롱하며 언덕 쪽의 흙벽에 기댄 것을 기억하는데, 갑자기 요란한 소리가 나더니 언덕의 흙더미가 덮쳐서 그 친구를 목까지 묻어버렸다.

그 친구는 뉴욕 대학교를 갓 졸업한 젊은 시인이었는데, 산 채로 매장당할까 봐 소리를 질러댔다. 다행히도 산사태가 멎어서, 우리는 그 사람을 꺼내고 흙을 털어주었다. 그는 두 번 다시 윌리엄 카를로스 윌리엄스를 비판하지 않았다. 다음 날부터 그는 윌리엄스의 시집《사랑으로의 여행》을 열심히 읽기 시작했다.

나는 벽이 없는, 바람만 들어오는 쪽의 벽에 기댄 사람을 두 명 보았는데, 둘 다 개구리연못에 빠졌다. 대개는 이런 일이 생기면 마음이 강한 사람도 어쩔 수가 없게 된다.

그래서 가장 믿을 만한 벽은 나무판자벽이었고, 리 멜론은 그 벽에 기댄 채, 낡은 사슴 카펫에 앉아 있었다. 그 카펫은 한 번도 햇볕에 말린 적이 없었는지, 누군가가 가죽을 벗긴 다음, 마늘 1파운드를 섞어 일주일 동안 낮은 온도의 오븐에 넣어둔 것 같은 냄새가 났다. 윽!

리 멜론은 조심스럽게 담배를 말았다. 그럴 때와 나무판자벽에 기대어 앉을 때가 리 멜론이 유일하게 조심스러운 태도를 보일 때였다. 장작 위에서는 곤충들이 서서 불 사이로 우리를 바라보고 있었다. 곤충들아 잘 가거라. 여행 잘해라. 이제 그것들은 우리를 거의 볼 수 없었다.

나는 탁 트여 바람이 들어오는 벽을 통해 좁은 길로 나가 개구리연못을 바라보았다. 아직 해가 지지 않아서 연못은 고요했다. 그러나 몇 시간만 지나면 종교재판처럼 소란해질 것이다. 빅서 종교재판의 사형집행처럼. 긴 장옷을 입고 검은색 촛불을 든 개구리들이 개굴, 개굴, 개굴 울어댈 것이다.

개구리들은 황혼부터 울기 시작해서 밤새 울었다. 빌어먹을 개구리들. 25센트만 한 것들이 시끄럽기는. 수백, 수천, 수백만 마리의 개구리들이 오랜 시간동안, 듣는 사람의 영혼을 깨뜨리기에 충분할 만큼 시끄럽게 울어댔다.

리 멜론은 일어나서 좁은 통로 옆 내 곁에 와서 섰다.

"곧 어두워질 거야." 그가 말했다. 그는 연못을 바라보았다. 연못은 초록색이었고, 해롭지 않은 것처럼 보였다.

"다이너마이트가 있었으면 좋겠어." 그가 말했다.

## 빅서에서 딱딱한 빵 부수기

그날 저녁 우리 저녁 식사는 별로였다. 고양이도 안 먹는 음식을 어떻게 우리가 먹는단 말인가? 우리는 먹을거리를 살 돈도 없었고, 돈이 들어온다는 보장도 없었다. 우리는 그저 그럭저럭 살고 있었다.

지난 4, 5일 동안 우리는 누군가가 먹을 것을 들고 찾아와주기를 기다렸다. 여행자가 되었건, 친구가 되었건. 그러나 사람들을 빅서로 끌어당기는 이상한 힘이 여러 날 동안 작동하지 않았다.

마치 누군가가 스위치를 꺼서, 빅서라는 불이 꺼진 것 같았다. 그건 좀 슬펐다. 1번 고속도로를 지나가는 차량도 많지 않았고, 아무도 우리를 위해 정차하지 않았다. 무언가가 우리를 보지 못하게, 그냥 스쳐 지나가게 만든 것 같았다.

날마다 전복만 먹었기 때문에, 앞으로 또다시 전복을 먹어야 한다면 나는 아마 죽고 말 것이다. 전복을 한 입만 물어도 내 영혼은 치약처럼 빠져나가서 영원히 우주 속으로 사라질 것만 같았다.

그날 아침 우리는 약간 희망을 품었지만, 부질없었다. 리 멜론은 낡은 집이 있는 고지대로 사냥을 나갔다. 그는 형편없는 포수는 아니었지만, 곧잘 흥분했다. 때로 집 근처에는 비둘기도 있었고, 노인이 죽은 수원지 근처에는 메추라기도 있었다. 리 멜론은 22구경과 마지막 남은 실탄 다섯 발을 챙겼다. 나는 세 발만 갖고 가라고 간청했다. 우리는 말다툼을 벌였다.

"두 발은 아껴야지." 내가 말했다.

"난 배가 고파." 그가 대답했다.

"흥분해서 한 번에 다 쏴대면 안 돼."

"메추라기가 먹고 싶어." 리 멜론이 말했다. "비둘기나 토끼나 새끼 사슴이나 폭찹을 먹고 싶어. 난 배가 고파."

30:30 구경 실탄은 떨어진 지 오래되어서, 날마다 오후가 되면 산기슭에 사슴이 나타나도 잡을 수가 없었다. 때로는 살찌고 생기발랄한 놈들이 20에서 30마리나 나타났는데도, 윈체스터용 실탄이 없어서 잡을 수가 없었다.

리 멜론은 22구경으로 치명적인 상처를 입힐 만큼 가

까이 접근하지도 못했다. 한번은 암사슴의 엉덩이를 쏘았는데, 그 암사슴은 절룩거리며 라일락 덤불로 들어가더니 사라져버렸다.

어쨌거나 나는 만일을 위해 그에게 탄환 두 발은 남겨 놓으라고 간청했다. "어쩌면 내일 아침에 정원에 사슴이 올지도 모르잖아." 내가 말했다. 하지만 리 멜론은 내 말을 듣지 않았다. 차라리 그 녀석의 귀에다 대고 사포*의 시를 읽는 것이 나을 뻔했다.

멜론은 산을 올라가 고지대로 갔다. 거기에는 지저분한 흙길이 있었다. 녀석은 점점 더 멀어졌고, 22구경 실탄들도 점점 더 멀어졌다. 그 실탄들은 이제 너무 멀어져서, 영양부족에 걸린 아메바처럼 작아졌을 것이라고 나는 상상했다. 길은 레드우드 숲 뒤로 꺾어졌고, 리 멜론은 이 세상에 남은 유일한 실탄과 함께 사라져서 보이지 않았다.

할 일도 없고, 딱히 갈 곳도 없어서 나는 고속도로 옆 바위에 걸터앉아 리 멜론이 돌아오기를 기다렸다. 내게는 마침 영혼에 관한 책이 있었다. 그 책에는 우리가 읽거나, 손가락으로 페이지를 넘기다가 죽지 않더라도 괜찮다고 쓰여 있었다. 내가 보기에 그 책은 미스터리 소설 같았다.

* 최초의 여성 시인. 기원전 7세기 후반 활동한 고대 그리스의 시인이다.

그때 두 대의 차가 왔다. 그중 한 대에는 젊은 사람들이 타고 있었다. 거기에 탄 여자는 예뻤다. 나는 그 사람들이 그레이하운드 터미널에서 아침을 많이 먹고, 새벽에 몬터레이를 떠나왔다고 생각했다. 하지만 그건 말이 안 되는 일이었다.

왜 그레이하운드 터미널에서 아침을 먹었을까? 생각하면 할수록 말이 안 되는 일이었다. 몬터레이에는 아침을 먹을 데가 많다. 그들 중에는 더 좋은 레스토랑을 좋아하는 사람들도 있었을 것이다. 내가 전에 몬터레이 터미널에서 아침을 먹었다고 해서, 이 세상 사람들이 다 거기서 아침을 먹는 것은 아닐 것이다.

두 번째 차는 기사가 운전하는 롤스로이스였는데, 뒷좌석에는 나이 든 여자가 앉아 있었다. 여자는 마치 돈벼락을 맞은 듯, 모피와 다이아몬드로 전신을 치장하고 있었다. 그녀는 복이 많은 여자였다.

그녀는 바위 위에 얼룩다람쥐처럼 앉아 있는 나를 보고 놀랐다. 그 여자가 기사에게 뭐라고 하자, 기사 쪽 창문이 스르륵 내려왔다.

"로스앤젤레스까지 얼마나 걸리나요?" 그는 말했다. 그 목소리는 완벽했다.

그러자 그 여자 쪽의 창문도 투명한 백조의 목처럼 소

리 없이 미끄러져 내려왔다. "우린 몇 시간 늦었답니다. 하지만 빅서가 보고 싶어서 들렀지요. 여기서 LA까지는 얼마나 걸리나요, 젊은이?"

"LA까지는 꽤 걸립니다." 내가 대답했다. "수백 마일이나 남았지요. 샌루이스오비스포까지는 차가 밀리니까, 바쁘시면 99번이나 101번을 타야 합니다."

"이미 늦었어요." 그녀가 말했다. "사정을 말하면 될 거예요. 그러면 이해하겠지요. 혹시 전화 있나요?"

"아뇨, 미안합니다." 내가 말했다. "여긴 전기도 없답니다."

"상관없어요." 그녀가 말했다. "할머니 걱정 좀 하도록 두는 것도 괜찮지요. 10년 동안이나 할머니를 당연하게 여겼어요. 그러니 걱정 좀 하라지요. 사실, 진작 그렇게 했어야 했는데."

나는 그 여자가 자신을 할머니라고 부르는 것이 좋았다. 왜냐하면 그 여자는 전혀 할머니처럼 보이지 않았기 때문이었다.

그러자 그 여자는 유쾌한 목소리로 고맙다고 했고, 창문이 소리 없이 미끄러져 올라가더니, 백조는 남쪽을 향한 여정을 계속했다. 그 여자는 손으로 작별인사를 하고, 길로 내려가서 시간이 갈수록 더욱 더 걱정하는 가족들이 자기를 기다리고 있는 LA를 향해 떠났다. 어쩌면 할머니 걱정을 하게 하는 것도 좋을 것 같았다.

"할머니는 어디쯤 오셨을까? 어디에 계실까? 경찰을 불러야 할까? 아니, 5분만 더 기다려보자."

5분 후, 나는 22구경이 희미하게 발사되는 소리를 들었고, 다시 또 들었으며, 세 번까지 들었다. 연발 라이플 소리가 연거푸 들린 후 정적이 찾아오는 것은 얼마나 당혹스러운 일인가.

나는 리 멜론이 돌아오기를 기다렸다. 그는 흙길을 따라 오다가, 고속도로를 건넜다. 그는 총이 마치 발기부전인 막대기인 것처럼, 서투른 자세로 들고 있었다.

"어땠어?" 내가 물었다.

그날 오후가 끝날 때쯤, 리 멜론은 좁은 길에 서 있는 내 옆으로 와서 섰다. "곧 어두워질 거야." 그가 말했다. 그는 연못을 바라보았다. 연못은 초록색이었고 해롭지 않은 것처럼 보였다. "'다이너마이트'가 있으면 좋겠어." 그가 말했다. 그는 정원으로 가서 샐러드를 만들 초록색 풀을 땄다. 그가 돌아왔을 때, 그의 얼굴에는 희망이 보였다. "정원에서 토끼를 봤어."

나는 토끼를 쫓아 지하세계로 들어간 《이상한 나라의 앨리스》를 갖고 그를 놀리고 싶은 것을 필사적인 인내심으로 참았다. 사실 나는 이렇게 말하고 싶었다. "뭐가 문제야, 앨리스? 배짱도 없어?" 하지만 나는 억지로 그 다섯 발의 총알이 사라져버렸다는 것을 인정할 수밖에 없었다.

그날 저녁 우리 저녁 식사는 별로였다. 샐러드랍시고 만들어본 초록색 풀과 전갱이뿐이었으니까. 그 전갱이는 집 주인이 고양이를 먹이려고 가져온 건데, 고양이도 먹지 않은 형편없는 것이었다. 저녁은 너무나 부실해서 곧 배가 고파질 것이었고, 과연 그랬다.

전갱이는 위장을 뒤집어놓았다. 그것이 들어가자마자, 우리는 소리 지르며 떼굴떼굴 구르며 뒤집어졌다. 마치 지진이 난 유령의 집에서 나는 소리처럼 그것은 위장에서 난리를 쳤다. 곧이어, 엄청난 트림과 방귀가 터져나왔다. 마치 전갱이가 다시 모공으로 빠져나가는 것 같았다.

전갱이를 저녁으로 먹은 후에는 식후의 대화가 아주 제한된다. 내 경험으로는 전갱이를 먹은 후에는 시나 미학이나, 세계평화를 논할 수가 없다.

저녁 식사를 완벽한 소화기관의 히로시마로 만들기 위해서, 우리는 리 멜론의 빵을 디저트로 먹었다. 그의 빵은 남북전쟁 때 병사에게 제공된 건빵처럼 딱딱했다. 하지만 그것 역시 놀랄 일은 아니었다.

하지만 나는 표정 관리를 잘해서, "빵을 좀 더 구워야

지"라고 말하며 간혹 요리하기를 자원하는 리 멜론에게
국기에 대한 경례 같은 경의를 표하는 법을 배웠다.

비록 시간이 걸리기는 했지만, 난 이제 그 빵을 먹을 수
는 있다. 바위처럼 단단하고, 아무런 맛이 없고 1인치 정
도로 두텁지만, 그래도 그 빵을 부수어서 먹을 수 있게 되
었다. 마치 지옥에 간 베티 크로커*처럼, 그리고 버지니아
의 시골길을 행군하는 수천 명의 남군 병사들처럼.

* 미국 제너럴 밀스 사에서 제빵 레시피를 알려주기 위해 만든 가상의 인물. 훗날 케이
  크 믹스 브랜드로 자리 잡았다.

## 전도서에 대비하기

저녁을 먹고 잠시 후, 초저녁부터 들려오는 개구리 소리를 피하기 위해 나는 오두막의 내 사적 공간으로 들어가서 전도서를 읽었다.

"난 그냥 여기 앉아서 개구리 소리를 들을래." 리 멜론이 말했다.

"뭐라고, 리? 잘 안 들려. 개구리들이 오늘은 더 시끄럽게 우는데." 내가 말했다.

리 멜론은 일어나서 커다란 돌을 연못에 던지며 소리질렀다. "캠벨 수프들아!" 개구리들은 즉시 조용해졌다. 하지만 몇 분 후면 다시 울기 시작할 것이다. 리 멜론은 아예 방에 돌을 쌓아놓고 있었다. 개구리들은 언제나 하나가 울면, 다른 하나가 울고, 이윽고 7452마리가 한꺼번에 울었다.

리 멜론이 여러 가지 형태의 미사일을 연못에 던지면서 "캠벨 수프들아!" 하고 소리 지르는 광경은 웃겼다. 그는 개구리들에게 온갖 상스러운 욕을 해대다가, 때로는 개구리들의 반응을 보려고 말도 안 되는 단어로 소리 지르곤 했다. 잘 겨냥한 돌팔매와 함께.

리 멜론은 늘 이것저것 해보는 타입이어서, 드디어 "캠벨 수프들아!"라는 고함이 개구리들에게 가장 심한 공포를 자아낸다는 사실을 발견했다. 그래서 이제는 상스러운 욕보다는, 빅서의 밤에 목소리를 높여 "캠벨 수프들아!"라고 소리 지르게 된 것이다.

"뭐라고 했지?" 내가 물었다.

"여기 앉아서 개구리 소리를 듣는다고 했다. 왜, 너 개구리 싫어해?" 멜론이 말했다. "그래, 그렇게 말했어. 네 애국심은 다 어디로 간 거야? 미국 국기에 개구리가 그려져 있잖아."

"난 내 오두막으로 가서 전도서를 읽을 거야."

"너 요새 전도서 많이 읽는구나." 리 멜론이 말했다. "근데 내 기억으로는, 읽을 게 별로 없어. 잘해봐."

"그냥 시간을 보내는 거야." 내가 말했다.

"내 생각에 다이너마이트는 이 개구리들에게 너무 잘해주는 거야." 리 멜론이 말했다. "다이너마이트는 너무 빨리 죽여. 나한테 좋은 생각이 있어."

개구리를 조용히 만들기 위해 리 멜론은 다양한 방법을 고안해냈다. 돌을 던지기도 했고, 빗자루로 연못을 후려치기도 했으며, 연못에 끓는 물을 붓기도 했다. 심지어는 신 레드와인을 7.5리터나 쏟아붓기도 했다. 한때 리 멜론은 황혼에 나타나는 개구리를 잡아 계곡에 버리기도 했다. 그는 매일 저녁 열두 마리씩은 잡아서 계곡으로 추방했다. 그렇게 일주일이 지나갔다.

리 멜론은 계곡에 내던진 개구리들이 다시 계곡을 기어올라 돌아온다는 사실을 발견했다. 그는 개구리들이 이틀이면 다시 돌아온다고 말했다. "빌어먹을 개구리 놈들!" 그가 말했다. "거리가 먼데도 돌아오고 있잖아!"

그는 너무 화가 나서, 다음에 잡은 개구리는 벽난로에 던져 넣었다. 그 개구리는 새까맣게 타더니 사라져버렸다. 나는 리 멜론을 보았고, 그도 나를 보았다. 그리고 말했다. "네가 맞아. 다른 방법을 생각해볼게."

그는 스무 개 남짓 되는 돌을 줄로 엮은 다음, 그날 저녁에 잡은 개구리들은 그 줄에 묶어서 계곡으로 던졌다. "이러면 돌아오는 데 시간이 좀 걸리겠지. 돌아오기가 쉽지 않을 거야." 그가 말했다. 그러나 개구리가 너무 많아서 그 방법도 오래가지 못했다. 일주일 후 그것도 싫증이 나자, 리는 그냥 돌을 던지면서, '캠벨 수프 같은 놈들아!' 라고 소리를 질렀다.

적어도 우리는 그 뒤로 돌이 등에 묶인 개구리들을 보지는 못했다. 사실 그건 너무 심했다.

연못에는 조그만 물뱀 두 마리가 있었다. 하지만 그것들은 하루에 겨우 한두 마리의 개구리를 먹을 뿐이었다. 그래서 뱀은 별 도움이 안 되었다. 아나콘다가 필요했다. 연못의 뱀은 기능적이라기보다는 장식용 같았다.


"그래 개구리하고 잘해봐라." 내가 말했다. 벌써 첫 개구리가 울기 시작하자 수많은 개구리들이 덩달아 울어대서, 연못은 지옥이 되어가고 있었다.

"내 말 잘 들어, 제시. 내게 계획이 있어." 리 멜론은 그렇게 말하더니, 수박이 잘 익었나 보려고 사람들이 하는 것처럼 자기 머리를 톡톡 두드렸다. 그의 머리는 잘 익었다. 나는 등골이 스산해졌다.

"잘 자라." 내가 말했다.

"그래, 그럴 거야." 리 멜론이 말했다.

# 전도서의 대못

나는 내 오두막으로 올라갔다. 밑에서는 바위에 부딪치는 파도 소리가 들렸다. 나는 정원을 지나왔다. 정원에는 새들을 막는 그물이 쳐져 있었다.

여느 때처럼, 나는 내 침대 옆에 있는 모터사이클을 피해 걸음을 옮겼다. 모터사이클은 리 멜론의 반려동물이었다. 그건 45개의 부속품으로 분해되어 널려 있었다.

리 멜론은 일주일에 두 번씩 이렇게 말하곤 했다. "내 모터사이클을 조립해야지. 400달러짜리거든." 그는 언제나 그게 400달러짜리라고 했다. 하지만 그 물건에 그런 가치가 있었던 적은 한 번도 없었다.

나는 등불을 켰다. 그곳은 유리벽으로 둘러싸인 공간이었다. 다른 오두막처럼 침대도, 의자도 식탁도 없었다.

나는 마루의 침낭에서 잤고, 두 개의 하얀 돌 사이에 책을 꽂았으며, 모터사이클 엔진 위에 등불을 올려 책을 읽을 때 편하게 했다.

거기에는 리 멜론이 만든, 아주 조잡한 나무로 된 스토브가 있었는데, 추운 밤에는 금방 방을 덥힐 수 있지만, 장작을 계속 넣지 않는 순간, 오두막은 즉시 냉장고가 되었다.

밤에 나는 페이지가 두터운, 아주 오래된 성경을 꺼내어 전도서를 읽었다. 처음에는 밤마다 전도서를 읽고 또 읽다가, 차츰 하루에 한 번만 읽었고, 다음에는 몇줄만 읽다가 요즘은 아예 구두점만 읽고 있다.

사실 매일 밤, 나는 매 챕터의 구두점을 세고 있다. 나는 노트에 구두점의 숫자를 기록한다. 나는 그 노트를 '전도서의 구두점들'이라고 이름 붙였다. 나는 그 제목이 마음에 들었다. 나는 일종의 공학연구의 일환으로 그 일을 하고 있다.

배를 만들기 전에, 그들은 어떤 크기의 대못이 얼마나 필요한지 알아야 할 것이다. 나는 우리의 바다를 항해하는 전도서라는 검고 아름다운 배에 어떤 크기의 대못이 얼마나 필요한지 궁금해졌다.

내 노트의 요약은 이렇게 되어 있을 것이다. 전도서의 첫 장은 57개의 구두점으로 되어 있는데, 다시 나누면

22개의 쉼표와 8개의 쌍점, 8개의 세미콜론, 그리고 2개의 물음표, 17개의 마침표로 이루어져 있다.

전도서의 두 번째 장은 구두점이 모두 103개인데, 45개의 쉼표와 12개의 세미콜론, 15개의 쌍점, 6개의 물음표, 25개의 마침표로 되어 있다.

전도서의 세 번째 장에는 77개의 구두점이 있는데, 33개의 쉼표와 21개의 세미콜론과 8개의 쌍점, 그리고 3개의 물음표와 12개의 마침표로 되어 있다.

전도서의 네 번째 장은 구두점이 모두 58개인데, 그중 쉼표가 25개, 세미콜론이 9개, 쌍점이 5개, 그리고 물음표가 2개, 마침표가 17개 있다.

전도서의 다섯 번째 장은 67개의 구두점으로 되어 있는데, 쉼표가 25개, 세미콜론이 7개, 쌍점이 15개, 물음표가 3개, 그리고 마침표가 17개이다.


이것이 내가 빅서의 밤에 등불 옆에서 하는 일이다. 나는 이 일이 즐겁고 보람 있다. 개인적으로 성경은 등불 밑에서 읽어야 된다고 생각한다. 원래가 전등 밑에서 읽도록 쓰인 것은 아니므로.

등불 밑에서 성경은 모든 것을 쏟아낸다. 나는 틀리지 않도록 세심하게 전도서의 구두점을 센 다음 등불을 껐다.

## 살려달라고 빌다

자정이나 그보다 한 시간쯤 지나—빅서에는 시계가 없어서 추측일 뿐이지만— 나는 자다가 어떤 소리를 들었다. 우리가 고속도로변에 주차해놓은 트럭에서 나는 소리였다. 소리는 계속해서 났고, 나는 그 소리가 인간의 소리라는 것을 알았다. 중얼거리는 듯하더니 누군가가 소리 질렀다. "제발, 쏘지 마세요."

나는 침낭에서 빠져나와 재빨리 바지를 입었다. 그러고는 어둠 속에서 도끼를 찾아 들고, 도대체 밖에서 무슨 일이 일어나는지 궁금해했다. 요란한 소리가 났지만 유쾌한 소리는 아니었다. 나는 조심스럽게 밖으로 나갔다. 함부로 뛰쳐나갔다가 봉변을 당할 수도 있으니까. 나는 서부 영화에서 그러듯이, 조심스럽게 행동했다.

나는 목소리와 소리가 들리는 곳으로 조심스럽게 이동

했다. 침착한 목소리는 리 멜론의 것이었다. 바닥에 등불이 있어서 무슨 일이 벌어지고 있는지 보였다. 나는 어두운 곳에 몸을 숨겼다.

리 멜론 앞에는 두 남자가 무릎을 꿇고 있었다. 아마도 십 대들 같았다. 리 멜론은 윈체스터를 들고 서 있었다. 그는 극도로 사무적인 포즈로 총을 들었다.

"제발요, 우리는 몰랐어요. 제발요." 둘 중 하나가 말했다. 둘 다 아주 좋은 옷을 입고 있었다. 그 앞에는 누더기를 입은 리 멜론이 서 있었다.

리 멜론은 엘리자베스 여왕 시대에 교회에서 설교하는 시인 존 던처럼 조용하고 침착하게 그들에게 이야기하고 있었다. "난 개에게 하듯 너희 머리를 쏜 다음, 시체를 저기 있는 상어에게 밥으로 주고, 너희 차를 타고 캄브리아로 갈 수도 있어. 내 지문을 닦고 차를 거기 버리면 아무도 무슨 일이 있었는지 모를 거야. 보안관의 순찰차가 며칠 동안 왔다 갔다 하겠지, 보안관이 여기 들러서 어리석은 질문을 하면, 난 너희를 본 적이 없다고 하면 그만이야. 사건은 종결되고, 너희는 살리나스의 행불자로 처리되겠지. 너희, 엄마나 애인이나 반려동물은 없기를 바라. 영원히 못 만날 테니까."

그러자 한 놈이 마구 울기 시작했다. 그는 말을 할 힘조

차 없었다. 다른 놈도 울었지만, 그놈은 아직 말할 힘이
남아 있었다. "제발, 제발, 제발, 제발요." 그는 마치 동요
를 읊듯이 그 말만 반복했다.

나는 그때 도끼를 들고 어둠에서 나왔다. 그들은 오줌
을 지리고, 겁에 질려서 중국으로 바로 날아갈 것처럼 보
였다.

"안녕, 제시." 리 멜론이 말했다. "이놈들 좀 봐. 우리 트
럭에서 휘발유를 빼가려고 했어, 내 말 좀 들어봐, 제시."

"무슨 일인데, 리?" 내가 말했다.

아, 우리 이름은 이런 일을 하기에 얼마나 적합했는지!
제시와 리라는 이름은 지난 세기에 유명해졌으니까.*

"난 이자들을 죽이려고 해." 리 멜론이 침착하게 말했다.
"이젠 다른 데로 옮겨야 할 것 같아. 벌써 세 번째나 누군
가가 와서 우리 휘발유를 훔쳐가려 했잖아. 다른 데 가서
새로 시작해야 할까 봐. 더는 이런 식으로 안 돼. 이놈들
을 보증금으로 삼은 다음에 쏴버려야겠어."

리 멜론은 총알이 없는 윈체스터를 아직 말하고 있는
놈의 이마에 댔다. 그러자 그놈은 입을 다물었다. 말을 하
려고 온갖 노력을 해도, 그자의 입에서는 아무 말도 나오

---

* 제시 제임스는 유명한 무법자였고, 로버트 리는 남북전쟁 당시 남군 사령관이었다.

지 않았다.

"기다려, 리." 내가 말했다. "그래 이놈들은 죽어도 싸. 이런 광야에서 휘발유를 훔치는 건 우리더러 죽으라는 이야기이니까. 이놈들은 쏴 죽여도 돼. 하지만 아직 어린애들이잖아. 고등학교를 막 졸업한 놈들 같은데, 얼굴에 홍조 좀 봐."

리 멜론은 몸을 숙이고 그들의 턱을 바라보았다.

"정말 그렇군, 제시." 리 멜론이 말했다. "하지만 저 오두막에 임신한 여자가 있잖아. 사랑하는 내 아내 말이야. 출산일이 2주나 지나서 언제 애가 나올지 모르는데, 몬터레이의 깨끗한 병원에 데리고 가는 길에 휘발유가 없으면 아기가 죽게 되잖아. 아냐. 제시, 안 돼, 안 돼." 리 멜론이 계속 말했다. "태어날 아들을 죽이느니, 차라리 이자들을 죽이겠어. 두 놈의 머리를 붙여놓고 총알은 한 발만 사용하자. 느리게 나가는 총알이 있는데, 머리를 뚫고 나가는 데 5분쯤 걸릴 거야. 엄청 아프겠지."

그러자 리 멜론이 총과 등불을 들고 나와서 꼼짝 말라고 했던 때부터 한마디도 못 했던 놈이 드디어 말을 했다. "우린 열아홉 살이에요. 우린 휘발유 탱크가 어디에 붙었는지도 몰라요. 내 누이는 산타바버라에 살아요." 그러고는 말을 잇지 못했다. 둘 다 엄청 울었다. 눈물이 계속 뺨에 흘렀고, 콧물도 흘렀다.

"그래." 리 멜론이 말했다. "이 애들은 아직 어려, 제시. 아직 태어나지도 않은 아이가 사용해야 할 휘발유를 훔친 죄로 뇌수가 터지기 전에 기회를 한 번 더 줘야겠지?" 리가 그렇게 말하자, 놈들은 더 심하게 울었다. 더 심하게 우는 것이 가능했다면.

"좋아, 리." 내가 말했다. "뭐 아직 아무도 해를 입지는 않았잖아. 저놈들이 우리 휘발유 5갤런(약 19리터)을 훔치려고 한 것 외에 실제 일어난 일은 없잖아."

"좋아, 제시." 리 멜론이 발을 살짝 끌면서 철학적으로 말했다. "만일 이들이 이번 달 도둑맞은 휘발유 값을 다 변상한다면 살려줄 수도 있지. 뭐, 그럴 수도 있다는 거야. 전에 엄마에게 약속한 적이 있지―신이시여, 엄마에게 축복을 내려주소서―. 불량 청소년을 도울 일이 있으면 돕겠다고 말이야. 너희, 돈 얼마나 갖고 있어?"

잠시의 주저도 없이 두 놈 다 지갑을 꺼내서 리 멜론에게 가진 전부를 내놓았다. 6달러 72센트였다.

리 멜론은 그 돈을 받아 주머니에 넣었다. "너희는 신뢰를 주었어. 살려주겠어." 둘 중 한 놈이 기어가서 리의 부츠에 키스했다.

"자, 이제 그만해." 리 멜론이 말했다. "그만 울어. 사람이 품위가 있어야지." 그러고는 그들을 차로 데려다주었다. 그래서 그들은 이 세상에서 가장 행복한 사람이 되었다. 아이들이 멋있게 보이려고 치장한 그 차는 1941년형 포드였다.

아마도 그들은 휘발유가 부족한 데다 길을 잘못 들었을 수도 있었다. 그들은 101번 도로를 탔어야 했다. 수 마일을 가도 주유소가 없자, 그들은 휘발유를 훔치려고 했을 것이다. 우리 오두막에 불이 켜져 있었다면 아마도 우리에게 물어보았을 것이다.

그들이 샌루이스오비스포로 가는 길로, 그리고 누이가 기다리고 있는 산타바버라로 가는 길로 천천히 접어들었을 때, 리 멜론은 윈체스터를 흔들어서 작별인사를 했다. 그래, 놈들은 아마도 길을 잘못 들었을 것이다. 101번 도로를 탔어야 했다.

리 멜론은 윈체스터로 작별인사를 하다가, 방아쇠를 당겼다. 그러나 그들은 총소리를 듣기에는 너무 멀리 떨어져 있었다. 그들은 45미터나 떨어져 있어서 총알 없는 빈 약실이 찰칵 하는 소리를 듣지 못했을 것이다.

# 트럭

다음 날 아침, 우리는 빻은 밀로 아침 식사를 했다. 우리에게는 샌프란시스코의 크리스털 팰리스 마켓에서 산 22킬로그램짜리 밀 한 포대가 있었다. 그들이 그 아름다운 빌딩을 허물고 모텔을 짓기 직전에 산 것이었다.

빻은 밀은 식량이 없을 때 우리가 먹을 수 있는 외로운 아침 식사였다. 우리는 그 밀가루를 분유와 설탕과 리 멜론이 만든 딱딱한 빵과 같이 먹었다. 커피도 없어서 녹차를 마셨다.

"우린 이제 부자야." 주머니에서 6달러 72센트를 꺼내며, 리 멜론이 말했다. 그는 마치 동전수집가가 희귀한 동전을 바라보는 듯한 시선으로 바닥에 돈을 늘어놓았다.

"먹을 걸 살 수 있겠네." 내가 순진하게 말했다. "총알이라든지."

"그 녀석들 바지에 지린 오줌 자국은 오래 안 없어질 거야." 리 멜론이 말했다. "세탁소에는 못 가져갈 테니까 말야."

"하하." 내가 웃었다.

고양이 한 마리가 지붕에서 뛰어내렸다. 우리에게는 여섯 마리의 고양이가 있었다. 녀석들은 모두 굶주렸다. 고양이들은 리 멜론의 딱딱한 빵을 먹어보려고 했다. 그러나 몇 번 시도해본 끝에 그들은 그게 먹을 가치가 없다는 것을 깨달았다.

고양이들은 부두에 나가서 약한 햇볕에 앉아서 반쯤 소화된 개구리를 배에 담은 채, 유쾌하고 유연하게 연못에서 헤엄치는 뱀을 구경했다.

"이 돈을 갖고 여자를 사자." 리 멜론이 말했다. "그게 음식이나 총알보다 급해. 총알은 없어도 살 수 있어. 우리 트럭을 고속도로 쪽으로 좀 더 옮겨놓자. 그럼 훨씬 나은 돈벌이가 될 거야."

"6달러 72센트로 어떻게 여자를 사냐?" 내가 물었다.

"가서 엘리자베스를 만나볼 거야."

"그 여자는 LA에서만 일했어."

"그래. 대개는 그렇지만, 때로는 상관 안 할 거야. 뭐, 좀 달라지는 거지. 기분 좋을 때 붙들면 돼. 그 여자가 LA에서 하는 일은 좀 유별나다던데."

"22구경 총알이 훨씬 더 나을 거야." 내가 말했다. "우리 둘을 위해…… 커피 1파운드(약 0.5킬로그램)는 어때? 100달러 받는 LA 여자를 6달러 72센트에 사겠다고? 너 잠이 덜 깬 거냐?"

"그럼." 그가 말했다. "그것도 괜찮겠지. 그런데 난 더 잃을 것도 없어. 어쩌면 그 여자가 아침 식사를 같이 하자고 할지도 몰라. 그 빵 다 먹고 그 여자에게 가보자."

이 얼마나 멋진 리 멜론식 왜곡인가? 그 딱딱한 빵을 '다 먹고'라니! 내가 손에 들고 있었던 것은 도저히 빵이라고 부를 수 없는 것이었다. 나는 빵을 깨던 망치와 끌을 내려놓고 트럭으로 갔다.

트럭은, 만일 남북전쟁 때도 트럭이 있었다면 그때의 유물인 것 같았다. 그 트럭은 연료탱크도 없었지만 여전히 달렸다.

트럭의 하부에는 비어 있는 5갤런들이 휘발유 통이 있었고, 그 위에 조그만 휘발유 깡통이 있었으며, 그 깡통에는 연료라인으로 연결된 빨대가 있었다.

트럭은 이렇게 움직였다. 즉 리 멜론이 운전하고, 나는 트럭 뒤의 빨대가 잘 작동되는지, 트럭이 요동쳐서 빠지지나 않는지 감시하면서 가는 식이다.

고속도로에서 그런 식으로 달리자니 좀 웃겼다. 나는 한 번도 리 멜론에게 연료탱크는 어디로 가고 없냐고 물어볼 엄두를 내지 못했다. 모르는 것이 더 나을 것 같아서였다.

## 인생의 중간에서

나는 엘리자베스를 두 번밖에 안 만났지만, 아주 좋은 인상을 받았다. 그녀는 아름다웠고, 일 년에 석 달은 LA에서 일했다. 그녀는 대개 멕시코 여자를 빅서로 불러 고용해서 자기 아이들을 돌보게 했다. 그런 다음, 놀랍게 변신해서, LA로 가서 콜걸 일을 했다.

빅서에서 그 여자는 방 세 개짜리 움막에서 네 명의 아이들과 함께 살았는데, 아이들은 거울이 있다면 자신들이 그 여자의 판박이라는 것을 알 수 있었을 것이다. 그녀는 머리를 길게 풀어 어깨까지 내려오게 했고, 샌들을 신었으며, 거칠고 모양 없는 드레스를 입고, 신체적으로나 영적으로나 마치 명상가처럼 살았다.

그녀는 정원을 가꾸었고, 통조림을 만들었으며, 장작을 패고 바느질을 했다. 남자가 없는 집에서 여자가 하는 모든 일을 하고 살았으며, 아이들을 최대한 잘 키우며, 세상과 동떨어진 외로운 곳에서 살았다. 그녀는 아주 온화했으며, 책을 많이 읽었다.

그녀는 임신이라도 한 것처럼 일 년 중 9개월을 그렇게 살다가, 이윽고 멕시코 여자를 고용해서 아이들을 돌보게 한 다음, LA로 가서 놀라운 신체적, 영적 변신을 하고 아름다운 여자를 찾아 욕정을 해소하려는 남자들에게 이국적인 즐거움을 제공하는 콜걸로 일했다.

그녀는 남자들이 원하는 건 뭐든지 했다. 그녀가 아주 편하게 해주고, 자기들이 하는 일에 대해 자의식을 느끼지 않게 해주었기 때문에 남자들은 그녀에게 100달러를 주었다. 때로 그녀가 남자들이 원하는 대로 남자들을 좀 더 불편하게 해주면 돈을 더 주기도 했다.

그녀는 일 년에 석 달만 일해도 저축이 되는 고액을 벌어들이는 전문가였다. 그런 다음, 그녀는 빅서로 돌아와서 다시 머리를 목과 어깨까지 늘어뜨리고, 신체적으로나 영적으로나 명상가의 삶을 살았으며, 생명체를 죽이지도 못했다.

그녀는 채식주의자였다. 달걀을 먹는 것이 유일한 악행이었다. 아이들이 노는 곳에 방울뱀이 있었는데, 그녀는 그대로 두었다.

나이가 가장 많은 아이가 열한 살이었고 가장 어린 아이가 여섯 살이었다. 그리고 방울뱀은 많았다. 뱀들이 쥐처럼 집을 들락거렸지만, 아이들은 겁내지 않았다.

그녀의 남편은 한국전쟁에서 죽었다. 그에 대해 알려진 것은 그것밖에 없었다. 그녀는 그가 죽은 후 빅서에 왔다. 그녀는 그 이야기를 하고 싶어하지 않았다.

우리는 그녀의 집으로 트럭을 몰았다. 우리가 있는 곳에서 대략 12마일 정도 간 다음, 고속도로를 벗어나 잘 알려지지 않은 계곡으로 다시 몇 마일 더 갔다. 잠시만 방심해도 길을 잃기 때문에, 가는 내내 아주 조심해야 했다. 고속도로에서 우리 트럭은 최대 46킬로미터로 달렸다. 드디어 그녀의 집에 도착하자, 우리는 트럭을 세운 다음 차에서 내렸다. 우리는 좋은 팀이었다.

두 나무 사이 긴 빨랫줄에 옷들이 널려 있었다. 바람이 불지 않아 빨래들은 전혀 움직이지 않고 그저 널려 있었다. 여기저기 아이들의 장난감이 있었으며, 아이들이 진흙으로 만들어놓은 사냥감이 보였다. 사슴, 사슴뿔, 전복 껍질. 그 사냥감들은 너무도 이상해서 만든 아이들이나 그게 무엇인지 알 수 있을 것 같았다. 어쩌면 전혀 사냥감이 아닌지도, 사냥감들의 무덤인지도 몰랐다.

엘리자베스의 차는 없었다. 닭장에서 닭들이 내는 소리

외에는 아주 조용했다. 수탉 한 마리가 요란한 소리를 내면서 다녔다. 집에는 아무도 없었다.

리 멜론은 수탉을 바라보았다. 그는 그 수탉을 훔친 다음, 돈을 좀 남겨놓고 식탁 위에 닭 값을 놓고 간다고 쪽지를 쓰려고 했다. 그러다가 그는 마음을 바꿔서 닭을 그냥 두고 가기로 했다. 선심을 쓴 것이었다. 그런데 그런 과정은 그의 마음속에서 일어나고 있는 것 같았다. 그가 한마디도 말을 안 했기 때문이다.

드디어 리 멜론이 말했다. "집에 아무도 없네." 그건 사실이었다. 죽었다 살아난 수탉과 사냥감의 묘지를 빼면.

## 6달러 72센트의 극대화

다시 집으로 돌아오자, 리 멜론과 나는 차에서 내렸다. 나는 리 멜론의 목이 갈증으로 타 들어가는 것을 보았다. 마치 날아가는 새처럼, 강한 술에 대한 생각이 그의 눈빛에 반사되었다.

"그 여자가 집에 있었으면 좋았을 텐데." 돌을 집어 태평양을 향해 던지면서 리 멜론이 말했다. 그 돌은 태평양에 닿지는 못했다. 그것은 7억 개의 다른 돌들 위에 떨어졌다.

"맞아." 내가 말했다.

"그 여자가 있었더라면 무슨 일이 있었을지 모르는데." 리 멜론이 말했다.

나는 아무 일도 없었을 거라고 확신했지만, "그래, 그 여자가 집에 있었더라면……" 하고 말했다.

술이 고픈 리 멜론의 눈에는 날개와 몸이 술잔처럼 보

이는 새들이 날아다니고 있었다. 태평양에는 안개가 내려앉기 시작했다. 안개는 움막처럼 피어오르더니, 나중에는 그랜드 호텔처럼 보였다. 빅서의 그랜드 호텔 말이다. 안개는 내륙 쪽으로 오더니 계곡의 능선을 덮었고, 곧 모든 것이 뿌연 호텔의 벨보이들 사이로 사라져버렸다.

리 멜론은 점점 더 예민해졌다. "몬터레이까지 히치하이크를 해서 술을 마시고 오자." 그가 말했다.

"거기에 가면, 술을 마시기 전에 내 주머니에 쌀이 생기고, 내 지갑에 햄버거 1파운드가 생긴다면 물론 가지." 나는 지갑이라는 단어를 사람들이 무덤을 부르는 것처럼 힘들게 말했다.

"좋아." 그가 말했다.

여덟 시간 후, 나는 몬터레이의 작은 술집에 여자와 같이 앉아 있었다. 그녀는 레드와인 한 잔을, 나는 마티니 한 잔을 앞에 놓고 있었다. 때로는 일이 그렇게 되어가는 법이다. 미래도 알 수 없고, 방금 일어난 일도 이해하기 힘든 법이다. 리 멜론은 인사불성이 되어 술집의 바닥에 뻗어 있었다. 나는 물 호스로 그가 토한 것을 씻어낸 다음, 커다란 카드보드로 덮어서 경찰이 그를 발견하지 못하도록 했다.

술집에는 다른 사람들이 많이 있었다. 처음에 나는 그

렇게 많은 사람들이 있는 환경을 견디기 어려웠다. 그러나 나는 나도 사람인 것처럼 굴었고, 그러다가 이 여자하고 만나게 된 것이다.

나는 한 시간 전쯤, 리 멜론이 이 여자 위에서 뻗었을 때, 그녀를 처음 만났다. 녀석을 여자로부터 떼어놓다가, 초등학교 수학 시간에 배우지 않은 수학에 의해 이것저것 이야기하게 되었고, 결국 마주 앉아 같이 술을 마시는 사이로 발전한 것이다.

나는 차가운 마티니를 입에 살짝 대서 내 체온과 비슷해질 때까지 기다렸다. 섭씨 37도가 될 때까지. 그게 현실과의 연결점이었으니까. 즉, 입안의 마티니를 현실과 연결시키려면 말이다.

그녀의 이름은 일레인이었고, 보면 볼수록 꽃처럼 아름다웠다. 그 꽃을 딸 수만 있다면 좋을 것이다. 어렵겠지만, 할 수 있을 것이다. 내부에서 솟아오르는 그런 감정은 언제나 나를 즐겁게 했다.

"뭘 하시는 분인가요?"그녀가 물었다.

나는 잠시 생각해야 했다. '리 멜론과 같이 살고 있고, 개처럼 저주받은 신세이지요.' 아냐, 아냐, 그렇게 대답할 수는 없지. '사과 좋아하세요?' 하고 물어볼까? 그러면 그녀가 '예'라고 하면 '침대로 갈까요?'라고 해? 아냐, 아냐,

그건 나중에 하자. 그러다가 드디어 할 말이 생각났다. 나는 확신을 갖고 조용히 말했다. "난 빅서에 살고 있어요."

"멋지군요." 그녀가 말했다. "난 퍼시픽그로브에 살아요. 그런데 무슨 일을 하세요?"

이 여자, 제법인데. 다른 걸 생각해내야겠군.

"나는 직장에 다니지 않아요." 내가 말했다.

"나도 직장에 다니지는 않아요." 그녀가 말했다. "그런데 무슨 일을 하세요?"

이건 또 뭐지? 난 이제 떠날 준비가 되었다. 나를 보내줘! 나는 나에게 달라붙은 야자나무 가지 같은 종교적인 어색함으로 그녀를 수줍게 바라보았다. "난 목사랍니다." 내가 말했다.

그녀도 마치 나처럼 수줍게 나를 바라보더니, 똑같은 어색함으로 내게 말했다. "나는 수녀랍니다. 그런데 어떤 일을 하세요?"

어떤 끈질김이 느껴졌다. 우리는 서로 통했다. 난 언제나 영리한 여자에게 끌렸다. 그건 내 약점이지만, 고치기에는 너무 늦었다.

잠시 후에 우리는 해변을 걷고 있었다. 내 손은 그녀의 스웨터 속에 들어가 허리를 두르고 있다가 그녀의 가슴으로 올라가서, 어디든지 갈 수 있는 조그만 식물의 지능으로 손가락을 사용해 그걸 만지고 있었다.

제시에게 여자가 생겼고 리 멜론이 소개해주었다네.

"언제 처음 수녀원에 들어가기로 결심했나요?" 내가 말했다.

"여섯 살쯤요." 그녀가 말했다.

"난 다섯 살 때 목사가 되기로 했지요."

"난 네 살 때 수녀가 되기로 했어요."

"난 세 살 때 목사가 되기로 했어요."

"좋아요. 난 두 살 때 수녀가 되기로 했어요."

"난 한 살 때 목사가 되기로 했어요."

"난 태어난 날 수녀가 되기로 했지요. 바로 그날에요. 세상에 첫발을 디디면서 인생을 결정하는 것은 멋져요."

"난 태어날 때 그렇게는 못했어요. 엄마는 봄베이에 계셨고 나는 살리나스에 있었거든요. 그건 공정하지 못해요." 나는 겸손하게 말했다.

그 말이 그녀를 무장해제시켰다. 그런 바보 같은 대화가 여자의 집으로 연결되는 것은 기분 좋은 일이었다. 그녀가 자기 아파트의 문을 닫자, 나는 그녀가 읽은 책들을 살펴보았다. 그건 나쁜 버릇이었다. 이건 딜런 토머스의 시집이군. 나는 이번에는 너구리처럼 그녀의 집을 살펴보았다. 또 하나의 나쁜 버릇이지만, 전자보다는 더 나은 버롯이었다.

나는 젊은 여자가 사는 집에 호기심이 많다. 젊은 여자의 체취며, 아기자기한 장식용 예술품이며, 여기저기를 비추는 빛이며, 특히 냄새를 비추는 빛이 좋았다.

그녀는 내게 샌드위치를 만들어주었다. 난 그걸 먹지 않았다. 왜 내게 샌드위치를 만들어주었는지 모르겠다. 우리는 침대에 들어갔다. 나는 그녀의 다리 사이에 손을 집어넣었다. 그녀가 깔고 누운 담요에는 로데오 그림이 있었다. 카우보이들과 말들과 목장들. 그녀는 내 손에다가 자기 몸을 꼭 눌렀다.

우리가 마치 조그만 나라가 유엔에 가입하듯 하나가 되었을 때, 나는 상상 속에서 리 멜론이 술집 바닥에 카드보드를 덮고 누워 있는 장면을 열두 번쯤 보았다.

## 게티즈버그로! 게티즈버그로!

길고 즐거운 시간을 보낸 후, 나는 침대 모서리에 걸터앉았다. 방에는 조그만 등이 조그만 초상화를 비추고 있었다. 일레인의 전등갓에는 초상화가 그려져 있었다. 좋았다……

벽에는 믿음직한, 충성스러운 하인이 있었는데, 그건 젊은 여자들의 방에서 늘 볼 수 있는 마놀레테 투우사 포스터였다. 젊은 여자들은 그 포스터를 좋아했고, 그 포스터도 젊은 여자들을 좋아했다. 그들은 서로를 돌봐주고 있었다.

뒤쪽에 '사랑'이라고 쓰인 기타가 하나 있었는데, 마치 벽이 '초록색 소매(Greensleeves)'나 '미드나잇 스페셜(Midnight Special)'이라도 연주하는 것처럼, 현이 벽을 바라보고 있었다.

"뭐해?" 일레인이 부드럽게 나를 바라보며 말했다. 성적인 만족감이 그녀의 표정을 곤혹스럽게 보이게 했다. 그녀는 막 낮잠에서 깨어난 아이 같았다. 전혀 자지는 않았지만.

하도 오랜만이어서 나는 너무나 기뻤고, 또 기뻤다.

"리 멜론을 술집 바닥에서 꺼내줘야겠어." 내가 말했다. "경찰이 잡아가지 않도록 말이야. 그건 안 될 일이지. 그 녀석은 감옥을 싫어해. 늘 그랬어. 어렸을 때, 감옥에 가서 그래."

"그게 사실이야?" 그녀가 말했다.

"그럼." 내가 말했다. "부모를 살해한 죄로 10년 살았어."

그녀는 침대 시트로 몸을 가린 채 누워서 나를 보고 미소 지었고, 나도 그녀를 향해 미소 지었다. 그러더니 그녀는 시트를 천천히 아래로 내려서, 젖가슴을 드러냈고, 그 밑의 '끝없이 부드럽게' 움직이는 곳도 드러냈다.

"경찰이 리 멜론을 데려갈 거야." 내가 말했다. 나는 마치 사회주의 국가의 슬로건처럼 말했다. '외출할 때에는 전기를 낭비하지 말고 불을 끌 것. 경찰이 리 멜론을 잡아갈 것.' 똑같았다. "경찰이 리 멜론을 잡아갈 거야."

일레인은 미소 짓더니, 좋다고 했다. 과연 모든 것이 좋았다. 인생이란 얼마나 이상한가. 어젯밤에 두 소년이 리 멜론의 빈 총 앞에서 바닥을 기면서 상상 속의 목숨을 살려달라고 빌 때만 해도, 내 이런 쾌락을 위해 돈을 대주게 될 줄은 전혀 몰랐을 테니까 말이다. 덕분에 나는 여자와 침대로 갔고, 리 멜론은 카드보드를 덮은 채, 술집 바닥에 누워 있게 되었다.

일레인은 일어나 침대에서 나왔다. "나도 같이 갈게. 여기로 데려와서 술을 깨게 해주자."

그녀는 스웨터를 머리 위에서부터 잡아당겨서 입은 다음, 바지를 입었다. 나는 올림포스의 청중처럼, 그녀의 육체가 옷 속으로 사라졌다가 다시 나타나는 것을 경건하게 바라보았다. 그녀는 테니스화를 신었다.

"넌 누구지?" 카사노바 분위기의 허레이쇼 앨저*처럼 내가 물었다.

"내 부모는 카멀에 살고 계셔." 그녀가 말했다.

그러더니 그녀는 내게로 와서 팔을 두르고 입술에 키스했다. 나는 기분이 좋았다.

리 멜론은 내가 두고 온 그대로 누워 있었다. 카드보드도 그대로였다. 그는 마치 가득 찬 상자처럼 보였는데, 거기 담긴 건 분명 비누는 아니었다. 커다란 박스에 담긴 리

---

* 주로 가난한 소년이 근면과 성실로 성공하는 이야기를 그린 아동 문학가. '아메리칸 드림'을 대표하는 인물.

멜론이 광고도 없이 갑자기 미국에 도착한 것이었다.

"일어나, 리 멜론." 내가 말했다. 그러고는 노래를 시작했다.

> 그녀가 일어나네, 그녀가 일어나네
> 아침 일찍 그녀가 일어나네
>
> 술 취한 장군을 어찌할까
> 술 취한 장군을 어찌할까
> 술 취한 장군을 어찌할까
> 이른 아침에?
>
> 게티즈버그로 보내야지!
> 게티즈버그로, 게티즈버그로. 게티즈버그로 보내야지.
> 이른 아침에.

일레인은 내 바지 뒤로 손을 넣어서 엉덩이가 시작되는 틈새까지 내려가더니, 나뭇가지에 앉은 새처럼 가만히 쉬고 있었다.

리 멜론은 천천히 일어났다. 카드보드가 그로부터 떨어졌다. 그의 포장은 벗겨졌다. 이제 온 세상이 그를 볼 수 있었다. 미국의 정신과 프라이드와 노하우의 마지막 산물.

"어떻게 된 거야?" 그가 말했다.

"술 때문이지." 일레인이 말했다.

# 멋진 날

다음 날 아침, 우리는 일레인의 차로 빅서에 갔다. 차의 뒷 좌석은 몬터레이의 세이프웨이 마켓에서 산 음식으로 가득 차 있었다. 트렁크에는 악어 두 마리도 있었다. 그건 일레인의 아이디어였다.

리 멜론이 주정뱅이처럼 횡설수설 개구리 문제를 이야기하자 일레인은 즉시 명료하게 "그럼 악어를 데려가야지"라고 대답했다. 그러고는 그렇게 했다.

그녀는 애완동물 가게에서 북미산 작은 악어를 두 마리 사왔다. 왜 두 마리나 샀느냐고 우리가 묻자, 세일 중이어서 그랬다고 대답했다. 한 마리를 사면 또 한 마리는 1센트만 더 내면 되기 때문이라는 것이었다. 악어 한 마리에 1센트라니. 그러나 나름대로 말이 되기는 했다.

앞좌석에 앉은 나와 일레인 옆에서 운전하고 있는 리

멜론은 행복해 보였다. 나는 일레인의 어깨를 감싸고 있었다. 우리는 헨리 밀러의 우편함을 지나갔다. 그는 낡은 캐딜락에 앉아서 우편물을 기다리고 있었다.

"저기 헨리 밀러가 있네." 내가 말했다.

"오!" 그녀가 말했다.

나는 그녀가 점점 더 좋아졌다. 헨리 밀러에 무슨 유감이 있어서가 아니라, 마치 혁명 중의 꽃 폭풍처럼 그냥 그 여자가 점점 더 좋아졌다.

리 멜론도 그 여자를 마음에 들어했다. 그 여자는 50달러어치 음식과 악어 두 마리를 샀다. 리 멜론은 무의식적으로 혀로 자기 치아를 세고 있었다. 그는 이가 여섯 개 있었다. 그는 속으로 뒷좌석의 식료품 봉투에 자기 치아를 하나씩 배정해보고 있었다. 그는 자기 수학에 만족한 것 같았다. 그의 얼굴 위로 낡은 파르테논 신전 같은 미소가 피어올랐기 때문이다.

"멋진 날이야!" 리 멜론이 말했다. 그가 그렇게 말하는 것은 그때 처음 들었다. 나는 그가 하는 말은 뭐든지 들어보았지만, '멋진 날'이라고 말한 적은 없었다. 아마도 그는 나를 혼란스럽게 만들려고 그런 말을 했는지도 모른다. 그리고 과연 나는 혼란스러웠다.

"난 빅서에 가본 적이 없어." 창밖으로 지나가는 풍경을 바라보며 일레인이 말했다. "내가 동부에서 대학을 다닐 때, 부모님은 카멜로 이사를 하셨어."

"대학생이었다고?" 리 멜론은, 마치 그녀가 뒷좌석의 식료품이 진짜가 아니고 섬세하게 왁스칠한 가짜라고 선언이나 한 것처럼 화들짝 놀라서 소리 질렀다.

"아니야." 그녀가 당당하게 말했다. "나는 전 과목을 낙제해서 대학을 그만두었어. 내가 떠나던 날, 사람들이 그 대학을 폭파시켰어. 그곳은 쓸모없는 땅이 되어버린 거지."

"좋았어." 리 멜론은 다시 차를 제대로 제어했다.

하늘에는 커다란 새가 있었다. 그 새는 태양을 건너 날아가더니 거기 머물렀다.

"멋지군." 일레인이 말했다.

"멋진 날이야!" 리 멜론이 또 그 말을 해서 나를 놀라게 했다.

## 모터사이클

우리는 늦은 오후에 집 근처에 도착했다. 반 마일쯤 못 가서 나무다리가 있었고, 밑에는 반짝이는 하천이 있었다. 나는 일레인의 손을 잡고 있었다. 아지랑이 속의 맥주병처럼, 해는 하늘의 끝, 태평양의 수평선을 향해 고대 이집트의 거래를 해나가고 있었다. 리 멜론은 운전대를 잡고 있었고, 우리는 모두 만족했다.

리 멜론은 고속도로에서 벗어나 우리의 낡은 트럭이 있는 곳에 차를 세웠다.

"이게 뭐야?" 일레인이 말했다.

"트럭이지." 내가 말했다.

"거짓말." 그녀가 말했다.

"내가 이 손으로 직접 만든 거야." 리 멜론이 말했다.

"어쩐지 이상하더라니." 일레인이 말했다.

놀랄 만큼 짧은 시간에 그녀는 리 멜론의 표면 밑에 숨어 있는 뭔가를 알게 되었다. 그게 나를 기쁘게 했다.

"자, 다 왔어." 리 멜론이 말했다. "홈스테드 정착지야. 우리 할아버지가 여기에 정착하셨지. 할아버지는 인디언과 가뭄과 홍수와 목축업자와 들짐승과 남태평양과 프랭크 노리스와 독주와 싸우셨지. 하지만 우리 멜론 가가 싸워야 하는, 지금도 싸우고 있으며 드디어 우리를 덮친 것이 뭔지 알아?"

"몰라." 일레인이 말했다.

"멜론 가의 저주야. 그것은 매 십 년마다 커다란 사냥개의 모습으로 나타나. 인간도 야수도 아니고, 거대한 멜론 가의 저주야."

"그럴듯한데." 일레인이 말했다.

우리는 식료품을 내려서 부엌에 난 구멍으로 집 안으로 들고 들어갔다. 고양이들은 마치 책이 도서관에 숨듯, 잡목림 속으로 돌진했다. 그들은 잠시 그곳에 있다가 배가 고파지면, 《햄릿》이나 《와인스버그, 오하이오》 같은 고전처럼 다시 돌아올 것이다.

"악어는 어떻게 할까?" 일레인이 말했다.

"오늘 밤은 그냥 거기 두자. 트렁크에서 잘 지낼 거야."

마치 악어가 차에 있는 것이 당연하다는 듯 리 멜론이

말했다. "이런 일이 있기를 몇 달 동안 꿈꾸어왔지. 개구리들에게 인간이 세상을 지배한다는 걸 보여주자고. 개구리 놈들, 그걸 믿는 게 좋을걸."

일레인은 집을 둘러보았는데, 빅서의 황혼이 그녀의 머리에 비쳐서 캘리포니아와 아주 잘 어울렸다. "흥미로운 곳이네." 그녀가 말했다. 그러고는 곧 천장에 머리를 부딪쳤다. 나는 그녀를 위로했으나, 그럴 필요는 없었다. 세게 부딪친 것은 아니었으니까. 내가 지금까지 보아온 다른 사람들의 두개골 함몰의 충격에 비하면, 그건 애무 정도에 불과했다.

"이 집은 누가 설계한 거야?" 그녀가 말했다. "프랭크 로이드 라이트 건축가야?"

"아니." 내가 말했다. "프랭크 로이드 멜론이 한 거야."

"오, 건축가이기도 한가 보네."

리 멜론이 와서 엉거주춤하게 웅크린 채, 천장을 살펴보았다. 그는 마치 의사가 죽은 환자의 맥박을 재듯 행동했다. 나는 나 자신을 바라보았다. 그랬던 나 역시 멜론처럼 이상하게 웅크리고 있었고, 일레인도 그랬다. 우리는 모두 리 멜론의 웅크린 실내 자세 만들기에 합세하고 있었다. 종교재판 때 특허라도 낼 만한 것이었다.

"천장이 좀 낮아." 그가 일레인에게 말했다.

"맞아." 내가 말했다.

"금방 익숙해질 거야." 리 멜론이 일레인에게 말했다.

"그럴 거야." 내가 말했다.

"그러겠지." 일레인이 말했다.

리 멜론은 식료품 봉투에서 와인 한 병을 꺼내왔고, 우리는 부두로 나가서 일몰을 위해 건배했다.

해는 물 위의 맥주병처럼 부서지고 있었다. 우리는 이집트인들의 깨진 유리에 자신들을 비추어보고 있었다.

이집트의 태양신 '라'의 파편이 60마력 외장용 모터를 장착한 것처럼 사라지고 있었다.

웬트 브라더스 화이트와인은 곧 빈 병이 되었다.

"우린 어디에 머무는 거야?" 일레인이 물었다. 나는 그녀를 차로 데리고 가서 짐 가방을 챙긴 다음 그물로 덮인 정원을 지나 유리로 된 움막으로 데리고 갔다.

"저건 뭐야?" 일레인이 물었다.

"그물로 덮인 정원이야."

우리는 유리 집으로 들어갔고, 그녀는 바닥을 살펴보았다.

"이거 모터사이클이야?" 그녀가 말했다.

"그런 셈이지." 내가 말했다.

"리 멜론 거야?" 그녀가 말했다.

"응."

"그렇군." 그녀가 고개를 끄덕였다.

"여긴 아늑하네." 그녀가 옆으로 손을 내리면서 말했다. 그러다가 성경을 보았다. "너 목사 맞구나?"

"그래. 난 교회 잡역부가 되려고 무디 성경연구소에 다녔어. 지금은 나파 주립병원에서 대학원 공부를 하고 있어. 곧 내 교회를 갖게 될 거야. 지금은 휴가 중이고. 난 매년 바다를 보러 여기에 와."

"그렇군." 그녀가 고개를 끄덕였다.

일레인은 내 침낭에 앉아 나를 바라보았다. 그러고는 조심스럽게 그 위에 누웠다. "이게 자기 침대구나." 그녀가 말했다.

내 침대에는 로데오가 새겨져 있지 않았다. 말도, 카우보이도, 목장도 새겨져 있지 않았다. 그냥 침낭일 뿐이었다. 마치 모든 사람의 침대 시트에 로데오가 새겨져 있는 것처럼, 나는 그런 그림이 없는 내 침대가 민망했다.

창밖을 보니 리 멜론이 자기 오두막으로 들어가고 있었다. 나는 손을 흔들었고, 그도 손을 흔들어주었다. 그는 잠시 멈춰 서서 나를 보더니, 남군의 장군처럼 머리를 꼿꼿하게 쳐들고 부엌 벽에 나 있는 구멍을 통해 오두막으로 들어갔다.

"등불 아래에 있는 저거 뭐야?" 일레인이 물었다.

"모터사이클이지." 내가 말했다.

## 개구리여, 안녕

그날 저녁은 일레인이 요리를 했다. 가스레인지 앞에 여자가 있다는 것은 얼마나 즐거운 일인가. 폭찹을 만드는 동안 그녀는 우리의 여왕이었다. 그때 처음으로 나는 그동안 리 멜론의 요리가 우리의 영혼을 얼마나 망가뜨려놓았는가를 깨달았다.

리 멜론의 요리로 망가진 내 영혼은 영원히 치유되지 않을 것 같았다. 그 비극적인 기억으로부터 나를 보호하기 위해 심리적 방어막을 설치해놓았지만 고통은 사라지지 않았다. 잠시라도 그 방어막을 내려놓는 순간, 그의 형편없는 요리의 갈라진 발굽이 내 입맛을 휘젓고 다닐 것이었다.

리 멜론은 멋진 벽난로에 불을 피웠고, 우리는 진한 블랙커피를 마시며 불가에 둘러앉았다. 일레인은 고양이 먹이도 사서 가져왔다. 고양이들도 마치 털 난 식물처럼 불 앞에 죽 뻗고 누워 있었다. 모두가 편하고 행복했다. 고양이들이 정말 오랜만에 선사시대의 기억 깊은 곳에서부터 기분 좋게 그르렁거리는 동안—고양이들은 그런 만족감에 익숙하지는 않았다— 우리는 대화를 나누었다.

"일레인의 부모님은 뭐 하시는 분들이야?" 리 멜론이 아버지나 되는 것처럼 물었다. 나는 갑자기 커피가 목에 걸렸다.

"나를 만드신 분들이지." 일레인이 말했다.

리 멜론은 멍한 시선으로 잠시 그녀를 노려보았다.

"어디서 많이 듣던 소리네. 코난 도일의 《똑똑한 척하는 딸 사건》* 같네." 리 멜론이 말했다.

그는 부엌에 가서 새로 사온 사과를 하나 가져왔다. 그러고는 여섯 개의 이로 그걸 먹기 시작했다. 바삭거리는 사과였는데, 그의 입에서는 전혀 그런 소리가 나지 않았다.

"우리 아버지는 변호사야." 일레인이 말했다.

리 멜론은 고개를 끄덕였다. 그의 입 가장자리에 사과 수류탄의 파편이 흩어져 있었다.

일레인은 손을 뻗어 내 허벅지에 올렸다. 나는 그녀의

* 실제로는 존재하지 않는 책이다.

어깨에 팔을 두르고. 나무로 된 벽에 기댔다. 리 멜론은 오래된 사슴가죽 위에 왕처럼 앉아 있었다.

불의 힘을 빌려 밤이 깊어가고 있었다. 밤은 처음에는 몇 센트짜리 약한 불이면 되었지만, 이제는 매 초마다 수천 달러어치의 등불을 빌려야만 했다. 이제 곧 불은 소진될 거고, 그러면 은행은 문을 닫고 직원은 해고되며 사장은 자살하게 될 것이다.

우리는 거기 앉아서 리 멜론이 부족한 치아로 세계에서 가장 빨리 소진되지 않는 사과를 용감하게 공략하는 것을 바라보고 있었다. 우리는 서로 가깝게 붙어 앉은 채, 조용히 리 멜론과 사과를 바라보다가, 다시 우리 자신으로 돌아왔고, 이제 리 멜론을 바라보지 않고 우리 자신의 가까운 사이에만 집중했다.

사과를 다 먹자, 리 멜론은 심벌즈처럼 입술을 부딪쳐 소리를 냈고, 바로 그때 우리는 첫 개구리 소리를 들었다. "또 시작이군." 즉시 계곡에 먼지를 일으키며, 깃발을 날리고 북을 치며 기병대를 투입할 준비를 하면서 리 멜론이 말했다.

우리는 두 번째 개구리 소리를 들었다. 그리고 다시 첫 번째 개구리 소리가 들렸다. 세 번째 개구리도 합세했다. 그들은 한꺼번에 울더니, 이윽고 네 번째 개구리도 합세

했고, 다른 세 개구리는 폭죽처럼 터지며 울었다. 리 멜론이 말했다. "가서 악어를 데려올게." 그는 등불에 불을 붙인 다음, 부엌에 난 구멍을 통해 차가 있는 곳으로 갔다.

일레인은 졸다가 갑자기 깬 것 같았다. 그녀는 내 무릎에 머리를 얹고 누워 있었다. 그녀는 다소 놀란 것 같았다. "리 멜론은 어디 간 거야?" 그녀가 물었다. 개구리 소리 때문에 나는 그녀의 목소리를 거의 들을 수 없었다.

"악어를 가지러 갔어." 내가 큰 소리로 말했다.

"저거 개구리 소리야?" 어두운 호수에서 끓어 넘치기 시작하는 소음을 가리키며 그녀도 큰 소리로 말했다.

"그래." 내가 크게 말했다.

"그렇군." 그녀가 큰 소리로 말했다.

리 멜론은 악어를 가지고 돌아왔다. 그는 여섯 개의 이로 멋지게 미소 지었다. 그는 상자를 내려놓더니, 악어 한 마리를 끄집어냈다. 그 악어는 애완동물 가게가 아닌 걸 깨닫고 소스라치게 놀랐다. 그는 자기 옆 케이지에 있던 강아지들을 찾느라 두리번거렸다. 리 멜론은 손으로 악어를 잡고 있었다.

"안녕, 악어야!" 리 멜론이 소리 질렀다. 악어는 아직도 강아지들을 찾고 있었다. 어디로 간 거지?

"너 개구리 다리 좋아하니?" 리 멜론이 악어에게 소리

지르고는, 조심스럽게 연못에 내려놓았다. 악어는 장난감 보트처럼 거기에 가만히 떠 있었다. 리 멜론이 살짝 밀어주자, 악어는 연못으로 헤엄쳐 들어갔다.

마치 연못을 공동묘지 한가운데에 떨어뜨린 것처럼, 연못에 갑자기 정적이 내려앉았다. 리 멜론은 두 번째 악어를 끄집어냈다.

두 번째 악어도 강아지를 찾고 있었다. 하지만 강아지는 찾을 수 없었다. 어디로 간 거지?

리 멜론은 악어의 등을 쓰다듬어주고는, 연못으로 내려놓아 저절로 물속으로 들어가게 했다. 이제 연못의 정적은 두 배가 되었다. 정적은 안개처럼 연못에 퍼졌다.

"이제 개구리들은 조용해지겠네." 일레인이 드디어 속삭였다. 우리는 정적의 최면에 걸렸다.

리 멜론은 믿을 수 없다는 듯이 연못의 정적을 노려보고 있었다. "개구리는 사라졌어." 그가 말했다.

"그래." 내가 말했다. "이젠 악어밖에 없어."

## 담배 의식

내 그림자에 포도덩굴처럼 엉겨붙은 일레인과 밤에 같이 침대에 누워 있는 것은 얼마나 기분 좋은 일인가? 그녀는 내 수많은 기억의 허를 찔렀고, 음산한 신시아와의 음산한 기억의 허도 찔렀다.

지금 내가 느끼는 것은, 케치칸에서 그녀 위로 연어가 떨어질 수도 있다는 것이었다. 케치칸 신문의 헤드라인이 보이는 듯했다. '여자 위로 연어가 떨어지다' 그리고 이런 멋진 소제목이었다. '팬케이크보다 더 납작해지다'

내 손은 일레인의 얼굴을 더듬어 입술로 향했다. 그녀의 입이 벌어졌고, 나는 부드럽게 그녀의 치아 위로 손가락을 움직여 혀끝을 만졌다. 나 자신이 밤에 피아노 건반을 만지는 음악가처럼 느껴졌다. 잠들기 전에, 내 마음속에는 깃발과 북을 치며 행진하는 리 멜론 생각이 지나갔다. 나는 '사흘 전'이라 불리는 역사적 시대를 생각했다. 나는 리 멜론의 담배 의식에 대해 생각했다.

그는 담배가 다 떨어져서 필사적으로 담배를 필요로 했기 때문에, 고르다로 갔다. 태양 아래 담배 여행을 한 것이다. 내가 거기에 간 후로 다섯 번째인가 여섯 번째 가는 것이었다.

리 멜론의 담배 의식은 다음과 같은 것이었다. 담배가 다 떨어지고 더 구할 수 없게 되면, 그는 고르다까지 히치하이크를 해서 갔다. 물론 그에게는 담배를 살 돈이 없기 때문에, 그는 고속도로 갓길을 걸어갔다. 산타루치아 산 옆길을 걸으며 담배꽁초를 주워서 종이봉투에 넣었다.

때로는 마법의 숲에 있는 버섯들처럼 한 곳에 모여 있는 담배꽁초를 주웠지만, 때로는 담배꽁초를 찾아 1마일을 걸어야만 했다. 드디어 꽁초 하나를 찾으면 그는 여섯 개의 이가 번쩍이도록 입을 벌렸다. 다른 곳에서는 그것을 미소라고 부를 수도 있을 것이다.

때로는 반 마일을 걸어도 꽁초 하나 못 건질 때도 있었다. 그럴 때면 그는 시애틀까지 걸어가고, 몇 달 걸려 동부의 뉴욕까지 걸어가도 담배꽁초 하나 못 주울 거라는 생각에 사로잡혔다. 그건 그에게 아메리칸 드림의 끝이었다.

고르다까지는 5마일(8킬로미터)이었다. 그런 다음, 리 멜

론은 몸을 돌려 고속도로의 태평양쪽 길을 걸어서 돌아오
곤 했다. 아래로는 태평양의 파도가 바위와 해변에 부서
지고 있었다. 가마우지가 날개로 바람을 가르고, 고래와
펠리칸도 태평양에서 서로 조우했다.

이상한 발보아처럼, 리 멜론은 서구의 해변에서 담배꽁
초를 찾아다녔고, 담배왕국의 추방자처럼 여기저기 두리
번거리며 5마일을 걸어서 다시 되돌아오곤 했다.

돌아오면, 그는 벽난로 앞에 앉아서 주워온 담배꽁초를
까서 신문지 위에 쌓아놓았다. 그런 다음, 그것들을 잘 섞
어서 빈 깡통 속에 집어넣었다.

리 멜론의 담배 의식은 계속되었고, 담배연기는 위대한
예술처럼, 허파에 걸린 유명한 그림처럼 소중하게 취급되
었다.

내가 일레인의 부드럽고 사랑스러운 부분에 얼굴을 묻
고 잠들기 전 마지막으로 떠올린 것은 리 멜론이었다. 내
머릿속에서 리 멜론은 담배 가루처럼 흩어졌다.

## 다시 광야로

다음 날 아침에 일어났을 때는 유리를 통해서 햇빛이 들어오고 있었는데, 일레인은 침낭 속 내 옆에 없었다. 나는 놀랐다……. 어디로 간 거지? 그때, 나는 그녀가 모터사이클 부속들 위로 몸을 굽히고 있는 것을 보았다. 그녀는 전혀 옷을 걸치지 않았는데, 나는 그녀의 엉덩이를 바라보며 다시 한 번 진화론을 믿게 되었다.

"이 모터사이클 말야." 그녀가 큰 소리로 혼잣말을 했다. 그녀의 목소리는 마치 암탉이 흩어지는 병아리를 꾸짖는 것 같았다.

"이 모터사이클 말야." 그녀가 다시 말했다. 마치, *이 나쁜 병아리야! 어디로 가는 거야!* 하고 말하는 것처럼.

"자기." 내가 말했다. "엉덩이가 예쁜데."

그녀는 내게 몸을 돌려서 미소 지었다. "지금 이 모터사이클을 보고 있는데, 뭔가 필요한 것 같아."

"맞아, 장의사가 필요해," 내가 말했다. "모터사이클 관이 필요하지. 묻기 전에 몇 마디 좋은 말을 해주고, 마블 타운으로 보내는 거지. 자기 가슴 멋진데." 내가 말했다.

창으로 햇빛이 들어오자, 마치 모터사이클이 구운 고기라도 되는 것처럼 방에서 모터사이클 냄새가 났다.

*검은 호밀빵에 모터사이클 한 조각 얹어서 주세요.*

*마실 것은요? 휘발유로 드릴까요?*

*아뇨, 아뇨. 됐어요.*


일레인은 자기 가슴을 손으로 가리고 있었다. 그녀는 수줍어 보였다. "내가 누구게?"

"좋아, 자기가 누구야?"

그녀는 고개를 쳐들고 미소 지었다.

시야 한쪽에서 누군가가 접근해오고 있었다. 리 멜론이 길을 올라오고 있었다. 나는 그에게 부엌으로 나 있는 구멍으로 되돌아가라고 손짓했다.

하지만 그는 가기를 주저했다. 그는 음식이 맛있었다는 표정과 함께 아침 식사를 하러 오라는 제스처를 했다. 폭찹과 달걀과 프라이한 감자와 신선한 과일로 아침 식사는 성찬이었을 것이다.

리 멜론 뒤로 토끼가 달려갔다. 그는 토끼를 보지 못했고, 토끼는 덤불에 숨어서 귀를 머리에 납작하게 붙인 채, 밖을 내다보고 있었다. 이 아름다운 빅서의 아침 뒤, 저편에 이상한 나라의 앨리스라도 있는 것일까?

"자기가 이상한 나라의 앨리스야?" 내가 일레인에게 말했다. 그녀는 고개를 끄덕였다……. 맞아. 이제 아침 식사는 더 멀어졌다. 그녀의 손은 이제 가슴을 가리고 있지 않았다. 그녀의 몸이 내 앞으로 숙여졌다.

나는 리 멜론에게 절대 오지 말라고 필사적으로 손짓했고, 그는 천천히 부엌으로 난 구멍 속으로, 그의 피할 수 없는 광야로 다시 돌아갔다.

## 폭찹 악어

우리가 아침을 먹으러 갔을 때 비가 내리기 시작했다. 빛이 구름을 포화처럼 감싸고, 미지근한 비가 오고 있었다. 태평양 위 하늘의 위도 30 정도가 거대한 군부대 같았다. 북군 사령관 율리시즈 그랜트 장군의 포토맥 군부대 말이다. 리 멜론은 악어에게 폭찹을 먹이고 있었다. 엘리자베스도 거기 있었다. "악어 멋지네." 달에서 태어난 것 같은 치아로 미소 지으며 그녀가 말했다. 그녀의 콧구멍은 옥으로 새겨놓은 것 같았다.

"폭찹 먹어." 리 멜론이 악어의 목으로 폭찹을 쑤셔 넣으며 말했다. 악어는 그의 무릎에 앉아 있었다. 악어는 폭찹의 끝부분이 입 밖으로 튀어나온 채, 그르렁, 옵옵옵옵옵 거렸다.

엘리자베스도 무릎에 악어를 앉혔다. 그녀의 악어는 아

무 말도 하지 않았고, 주둥이에서 폭찹도 튀어나오지 않았다.

마치 피부 속에 등불이라도 있는 것처럼, 아름다운 온화함이 그녀의 몸에서 뿜어져 나왔다.

"안녕?" 내가 말했다.

"안녕, 제시,"

그녀는 나를 기억하고 있었다.

"여긴 일레인이야." 내가 말했다.

"안녕, 일레인,"

"그르렁! 옵옵옵옵옵옵!" 악어가 폭찹이 튀어나온 주둥이로 말했다. 엘리자베스의 악어는 아무 말이 없었다. 왜냐하면 온순한 악어가 세상을 물려받으니까.

"배가 고픈데." 내가 말했다.

"그렇겠지." 리 멜론이 말했다.

엘리자베스는 평범한 흰 옷을 입고 있었다.

"아침 식사는 뭐야?" 일레인이 물었다.

"박물관이야." 리 멜론이 말했다.

"여기서 악어는 첨 봐." 엘리자베스가 말했다. "엄청 귀엽네. 근데 악어는 어디에 쓰는 거지?"

"개구리로 목욕할 때 쓰지." 일레인이 말했다.

"친구로도 지내지. 난 외롭거든. 악어하고 같이 아름다운 음악을 만들 수 있어."

그의 악어가 말했다. "그르릉! 읍읍읍읍읍읍읍!"

"네 악어는 하프 같아." 그녀의 말이 스트링이나 되는 것처럼. 엘리자베스가 진지하게 말했다.

"네 악어는 하모니카로 가득 찬 핸드백 같아." 개처럼 누워서, 마치 개를 부르는 호루라기 소리가 자신의 말 사이에서 나오는 것처럼, 리 멜론이 말했다.

"악어를 바른 자세로 세워야지." 내가 말했다. "커피는 어디 있어?"

그들은 둘 다 웃었다. 엘리자베스의 목소리에는 문이 있어서, 그 문을 열면 또 다른 문이 있고, 그 문을 열면 또 다른 문이 끝없이 계속되었다.

일레인은 나를 바라보았다.

"커피를 만들자." 내가 말했다.

"커피가 남았어." 리 멜론이 말했다. "내 말을 못 들었구나."

"내가 가져올게." 일레인이 말했다.

"내가 같이 가줄게."

"좋아." 그녀가 말했다.

거대한 검은 구름은 이제 다소 걷혔고, 시간과 바람이 움막을 지나갔다. 바람은 마치 화살처럼 우리 사이로 불어서 나로 하여금 아쟁쿠르 전투*를 생각나게 해주었다. 아, 아쟁쿠르. 그건 아름다운 이름이었다.

"난로에 장작 하나 더 넣을게." 내가 말했다. 꽝! 나는 또 천장에 머리를 부딪쳤다. 커피는 한밤중 같은 검은색으로 두 개의 흰 잔을 검게 만들었다.

"커피가 남았으면 나도 한잔 마셔야겠네." 엘리자베스가 말했다. 세 개의 흰 컵이 검게 물들었다.

"아침을 먹자." 누군가가 말했다. 아마도 그건 나였는지도 모른다. 난 아주 배가 고파서 쉽게 그 말을 했을 것이기 때문이다.

폭찹과 달걀은 아주 맛이 좋았다. 프라이한 감자도 그랬고, 딸기 잼도 아주 좋았다. 리 멜론은 우리와 함께 아침을 두 번 먹었다.

그는 악어의 입에서 폭찹을 꺼낸 다음, 악어를 식탁 삼아 그 위에 접시를 올려놓았다. "이걸 프라이해줘." 리 멜론이 말했다. "이제 부드러워졌어."

악어는 이제 그르릉! 읍읍읍읍읍읍읍! 소리를 내지 않았다. 식탁은 그런 소리를 내면 안 되기 때문이었다.

---

* 백년전쟁에서 프랑스군이 영국군에게 대패한 전투.

## 광야의 악어 하이쿠

이제는 비가 제법 세차게 내리고, 바람은 마치 수만 명의 남군이 행진하는 듯이 광야 즉 부엌 벽에 난 구멍을 통해 으르렁대며 불어오고 있었다─광야를 향해!

엘리자베스와 리 멜론은 다른 오두막으로 갔다. 그들은 뭔가 할 이야기가 있었다. 일레인과 나는 악어를 붙잡고 있었다. 우리는 불만이 없었다.

1864년 5월 6일. 치명상을 입은 중위가 땅에 쓰러졌다. 그는 추억 속에 길가에 쓰러졌고, 그의 지문에는 고전적인 젠더가 자라나고 있었다. 그가 거기 역사 속에서 장엄하게 누워 있을 때, 또 한 발의 총탄이 그의 몸을 관통했고, 그의 몸은 영화 속의 그림자처럼 떨렸다. 어쩌면 영화 〈국가의 기원〉에서처럼.

## 그는 대개 정원 옆에서 지냈다

"아얏!" 엘리자베스가 말했다. "이놈의 천장이!" 공포의 천
장 같으니. 그녀는 자리에 앉았다.

우리는 악어를 연못에 다시 집어넣었다. 그것들은 천천
히 가라앉았다. 비가 세게 와서 연못 바닥은 보이지도 않
았고, 볼 엄두도 안 났다.

엘리자베스는 거기 앉아 있었다. 흰 드레스가 그녀를
백조처럼 보이게 했다. 그녀가 말을 하자, 백조로부터 호
수가 흘러내려서, 다음과 같은 질문에 대한 영원한 답을
해주었다. "호수와 배 중 어느 것이 먼저 생겨났는가?"

"어젯밤에 유령을 봤어." 그녀가 말했다. "닭장 옆에서였
지. 거기서 뭐했는지는 모르겠어, 귀신은 대개 정원 옆에
서 지내거든. 옥수수밭에서 말이야."

"유령이라고?" 일레인이 말했다.

"응. 여긴 귀신이 있어." 엘리자베스가 말했다. "노인의 유령이야. 고원 위의 저 집이 그의 집이었거든. 너무 늙어서 살리나스에 가서 살았는데, 실연으로 죽었대. 귀신은 빅서로 돌아와서, 때로 밤에 돌아다닌대. 낮에 뭐하는지는 나도 몰라.

그런데 어제 그 귀신을 봤어. 닭장 옆에서 뭘 했는지는 모르겠어. 난 창문을 열고, '어이 귀신, 닭장 옆에서 뭐해? 대개는 정원 옆에서 지내잖아. 뭐가 잘못된 거야?' 그랬지.

그러자 귀신이 '돌격!'이라고 소리 지르고, 깃발을 흔들면서 숲으로 달려갔어."

"깃발이라고?" 일레인이 물었다.

"그래." 엘리자베스가 말했다. "에스파냐-아메리카 전쟁 참전용사였거든."

"그 귀신이 아이들을 놀래키기도 해?"

"아니." 엘리자베스가 말했다. "아이들은 귀신을 좋아해. 여긴 아이들에게 좀 외로운 곳이거든. 그래서 귀신도 환영받지. 그리고, 그 귀신은 대개 정원 옆에서 지내니까." 엘리자베스는 이제 미소 짓고 있었다.

악어들은 수면 위로 올라왔다. 비는 이제 그쳤다. 엘리자베스는 하얀 드레스를 입고 있었다. 리 멜론은 자기 머리를 긁었다. 밤이 찾아왔다. 나는 일레인에게 무슨 말인가를 건넸다. 연못은 모나리자처럼 조용했다.

"오거스터스 멜론 일병은 어디 갔나?" 대위가 말했다.
"모르겠습니다. 방금 전에 여기 있었습니다." 상사가 대답
했다. 그는 긴 노란색 콧수염을 달고 있었다.
"녀석은 언제나 방금 전에 여기 있었지. 여기 있어본 적
이 없어. 아마도 늘 그러듯이 어딘가에서 뭔가 훔치고 있
겠지." 대위가 말했다.

## 나무 찍는 소리

우리는 오두막으로 올라가 잠자리에 들었다. 엘리자베스는 리 멜론과 할 일이 있었다. 그녀의 아이들은 누군가를 방문하러 킹 시티에 가 있었다. 일레인은 옷을 벗었다. 나는 아주 졸렸다. 그래서 아무것도 기억이 나지 않는다. 내가 눈을 감았거나, 아니면 눈이 스스로 감겼을 것이다.

그런데 무엇인가가 나를 흔들었다. 지진이라기에는 너무나 부드럽고 연속적인 움직임이었다. 마치 바다가 줄어들어서 인간처럼 따뜻하게 나를 애무하는 것 같았다. 그런데 그 바다가 목소리를 냈다. "제시 일어나, 일어나." 일레인의 목소리였다. "일어나 제시. 나무 찍는 소리 들려?"

"뭔데, 일레인." 눈이 어두웠기 때문에 어둠을 비비고 일어나면서 내가 말했다.

"나무 찍는 소리 같아, 제시."

"무슨 소리라고?"

"나무 찍는 소리."

"알았어." 내가 어둠을 비비기를 멈추고 말했다. 나무 찍는 소리겠지. 아름다운 나무 찍는 소리라고 해주지. 그리고 나는 다시 잠이 들었다.

"일어나, 제시!" 그녀가 말했다. "장작 패는 소리야!"

알았어. 나는 잠이 깼다. 누군가가 숲을 베는 소리 같았다. 어쩌면 여러 사람이. "정말 나무 찍는 소리네." 내가 말했다. "무슨 일인지 가봐야겠어."

"아까부터 그 말을 하려고 했던 거야." 그녀가 말했다. 나는 등에 불을 켰다. *또 시작이군. 지난번에는 이러다가 그대를 만났지.* "몇 시야?" 내가 물었다. 나는 몸을 굴려서 일레인을 바라보았다. 그녀는 멋져 보였다.

"난 시계가 아니야." 그녀가 말했다.

나는 옷을 입었다.

"난 여기 있을 게." 일레인이 말했다. "아냐, 같이 가겠어."

"마음대로 해." 내가 말했다. 아마 폴 버니언*인지도 몰라. 여자가 필요한지도 몰라. 아니면 누군가가 도끼로 우

---

* 미국의 전설에 등장하는 인물. 몸집이 커다란 나무꾼이다.

152

리 트럭의 휘발유를 훔치려고 하는지도 모르고."

"도끼로?"

"응. 놈들은 언제나 그래. 때로는 쟁기나 구둣주걱이나, 캥거루 파우치 같은 걸로 휘발유를 훔쳐."

"자기 휘발유가 특별하기라도 해?" 일레인이 말했다.

"여기에 있다는 게 특별한 거지." 내가 말했다.

나는 허리띠에 주머니칼을 찔러 넣었다.

"왜 그래? 그걸로 뭘 하려고? 나를 찌르기라도 하려고?"

"아냐, 아냐."

"알아서 해." 그녀가 말했다. "그런 식으로 보이려면 그렇게 해."

"미친놈이 있을 수도 있잖아. 리 멜론과 나는 연극을 해. 나는 칼을 사용하고, 리는 총을 사용하지. 우린 아주 잘해." 내가 부드럽게 머리를 만지면서 말했다.

내 마음속의 총을 빼앗아가는 숙녀 같으니!

그날 밤은 서늘했고, 별들도 흐드러졌다. 반짝이는 별들, 나를 너에게 인도해준 별들.

만일 누군가가 도끼로 우리 휘발유를 훔친다면?

163번의 도끼질로 가득 찬 휘발유를 훔쳐간다면?

이제 가서 알아낼 거야, 나의 작은 별. 내겐 다른 여지가 없어. 이곳의 주인으로서, 우린 스스로 지켜야만 해.

나무 찍는 소리는 고속도로 반대편 낡은 도로 쪽에서 들려왔다. 쿵쿵, 하고 큰 소리로 들려왔다.

우리는 어둠 속에서 걸었고, 일레인은 내 옆에 바짝 붙어서 따라왔으며, 우리는 알파벳 수프에서 수저로 알파벳을 건지는 장님처럼 어두운 길을 조심스럽게 더듬어 나아갔다.

"왜 등불을 안 갖고 왔어?" 일레인이 말했다.

"우리가 여기 있다는 걸 들키고 싶지 않아서야."

"우린 여기 없잖아." 그녀가 말했다.

우리는 저 앞의 나무 찍는 소리의 한가운데에서 이상한 불빛을 보았다.

"저게 뭐지?" 일레인이 속삭였다.

"시간여행하는 건 아니야." 내가 말했다. 가까이 가니 조그만 사람이 산을 비추는 환상적인 갈고리처럼 차의 헤드라이트를 켜놓고 도끼로 나무를 찍어서 자기 앞에 쌓고 있었다. 그 차는 마치 숲처럼 보였고, 차의 헤드라이트는 마치 달이나 불꽃놀이처럼 보였다.

"안녕하세요." 내가 말했다.

그 남자는 동작을 멈추고 나를 보았다. 그는 놀란 것처럼 보였다. "당신, 멜론이오?" 그가 말했다.

"아니오." 내가 말했다.

"그렇소." 갑자기 리 멜론이 나타나 우리 옆에 서 있었다. 일레인은 놀라서 물고기처럼 내게 매달렸다.

"잘 있었나, 내 친구 멜론이여."

한 손에 도끼를 들고, 차 앞에는 숲의 나무들을 쌓아놓은 그의 모습에서는 다소 광기가 엿보였다.

"뭐하는 거야?" 리 멜론이 내 앞에 나서서 기묘하게 집중하며 말했다.

"차를 나무로 덮어서 그들이 나를 찾지 못하게 하려는 거지. 그자들이 나를 찾고 있어. 경찰들 말이야. 난 도망 중이야. 방금 200달러짜리 과속 딱지를 뗐어. 여기서 좀 숨어 있어도 되겠지? 내 친구 리 멜론."

"물론이지. 그러나 나무 찍는 것은 그만두게."

"저 사람들은 누구지? 경찰은 아니겠지? 저 여자분은 혹시 형사인가?"

"아니. 내 친구하고 그의 여자친구야."

"결혼한 사이인가?"

"그래."

"다행이군 난 경찰이 싫어."

그런 다음, 그는 다른 나무를 찍어 쓰러뜨렸다. 지름이 120센티미터 정도 되는 레드우드였다.

"그만하라니까!" 리 멜론이 말했다.

"왜 그래, 친구?"

"이미 충분히 뺐잖아."

"하지만 차를 숨겨야 하는데."

"이미 숲을 다 뺐잖아." 리 멜론이 말했다. "무슨 차?"

나무로 덮인 차는 스포츠카처럼 보였다. 그랑프리에서라면 그렇게 나무로 덮여 있지 않았을 것이다.

"저 차는 벤틀리 밤이야, 친구."

"나무는 이미 충분히 뺐어. 차의 라이트를 끄게나. 그럼 경찰이 찾을 수 없을 거야."

"좋은 생각이군." 남자가 말했다.

그는 차 위의 나무를 치운 다음, 차문을 열고 헤드라이트를 껐다. 그런 다음, 다시 차문을 닫고 나무로 덮었다. 그는 덤불 속에 있던 종이백을 집어 들었다. 그는 본능적으로 그것이 어디에 있는가를 알고 있었다. 그 종이백에는 술병이 들어 있는 것 같았다.

"날 숨겨주게나. 친구." 그가 말했다. 그 남자는 영화〈하이 시에라〉에 나오는 험프리 보가트를 약간 닮았다. 하지만 키는 좀 더 작고, 대머리였으며, 어디에서인가 서류가방을 찾아서 팔 아래에 꼭 쥐고 있었기 때문에 마치 죄지은 비즈니스맨처럼 보였다.

"자, 가세. 로이 얼." 리 멜론이 말했다. 내가 만지고 있던 그 술병을 만지며. 로이 얼은 〈하이 시에라〉에 나오는 험프리 보가트가 맡은 배역의 이름이었다.

그래서 우리 네 사람은 같이 하이 빅서에서 걸어 내려왔다. 서로 운명으로 얽힌 채. 로이 얼과 리 멜론이 앞장섰다.


대포 포탄의 파편이 나뭇가지를 부러뜨려 샘 속으로 떨어뜨렸다. 나뭇가지가 물에 부딪치는 충격은 마치 신문기사의 제목 같았다. '오거스터스 멜론은 어디에 있는가? 바닥에서 검은 진흙이 올라오고 있는데.'

덤불에서는 말이 쓰러져서 거친 숨을 쉬고 있었다. 라이플 총탄이 말을 흔들어 순식간에 불꽃으로 만들었다. 1964년에.

# 남북전쟁 이후의 간략한 미국사

우리가 부엌으로 통하는 구멍으로 들어갔을 때, 엘리자베스는 벽난로 옆에 앉아 있었다. 그녀는 흰 드레스를 입고 있지 않았다. 그녀는 남군 제복처럼 보이는 회색 담요를 두르고 있었다. 그녀는 불을 바라보고 있었다. 우리가 들어가도 쳐다보지 않았다.

"저 여자, 형사야?"하고 로이 얼이 안절부절못하며 말했다. "형사처럼 보이는데. 여자 지갑 날치기범을 잡는 여자 형사 말이야. 지갑에 최루탄액 분사기를 갖고 다니는 여자 형사."

물론 엘리자베스는 이제 불에서 시선을 떼고, 방방 뛰고 있는 로이 얼을 믿을 수 없다는 듯 바라보았다.

"당신은 누구야?"그녀는 마치 벌레에게 말하듯 물었다.

"난 존 웨이드야."그가 말했다. "새너제이에 있는 존스턴 웨이드 보험회사의 대표이지. 내가 누구냐고? 난 거물이야. 이 서류가방에는 10만 달러가 들어 있고, 이 자루에는 짐빔 두 병과 치즈와 석류가 들어 있지."

"이 사람은 로이 얼이야." 리 멜론이 엘리자베스에게 그를 소개하며 말했다. "경찰에게 쫓기고 있지."

"이게 10만 달러가 아닌 것 같아?" 서류가방에서 100달러 지폐 다발로 묶인 10만 달러를 꺼내며 로이 얼이 말했다.

그런 다음, 그는 엘리자베스 앞에 무릎을 꿇었다. 그는 그녀의 눈을 강렬하게 바라보더니 이렇게 말했다. "당신은 괜찮아 보이네. 나하고 자면 3500달러를 주지. 현금으로 말이야."

엘리자베스는 회색 담요로 몸을 좀 더 감쌌다. 그녀는 불을 바라보았다. 장작 하나가 불타고 있었지만, 장작 위에서 그녀를 바라보고 있는 곤충은 없었다. 작별인사도 없었다.

"그런 이야기는 그만해." 용감한 남부 장군처럼 리 멜론이 말했다.

로이 얼은 일레인을 바라보았다. 마치 세탁기에서 액체 세제가 폭풍우처럼 돌아가듯 그에게서 광기가 뚝뚝 떨어지고 있었다. "당신에게는 2000달러 줄게."

"저 자식, 쫓아버려." 내가 말했다.

"내가 처리할게, 제시. 난 이 정신병자를 잘 알아." 리 멜론은 몸을 돌려서 로이 얼을 강하게 노려보았다. "입 닥쳐." 그가 말했다. "입 다물고, 저기 가서 앉아 있어."

로이 얼은 구석에 가서 입을 다물고 앉아 있었다. 그는 10만 달러를 다시 가방에 넣었다. 그는 서류가방을 마루에 내려놓더니, 그 위에 발을 올렸다. 그러고는 종이백에서 짐빔 한 병을 꺼냈다.

그는 술병의 봉인을 뜯고, 뚜껑을 돌려서 연 다음, 입을 대고 한 모금 마셨다. 그런 다음 상스럽게 삼켰다. 그 모습은 그가 대머리였기 때문에 이상했다.

그는 음, 맛이 좋군, 하며 입맛을 다시고는 싸구려 카니발에서 타는, 빙글빙글 도는 놀이기구처럼 눈을 번득였다. 그는 술병을 다시 종이백에 집어넣었는데, 갓난아기처럼 순진해 보였다.

그게 리 멜론을 화나게 했다.

"잠깐만!"

"뭐가 문제야, 친구?"

"술이 문제지."

"술?"

"그래. 네 종이백에 들어 있는 킹 제임스판 성경 말이야"

160

"술을 마시고 싶은 거야?"

"그럼 맹물을 마시리?"

"재미있군." 로이 얼이 미친 듯 웃어대더니, 돈 가방에서 발을 떼고 마루를 구르며 으깬 감자처럼 허공을 발로 찼다. 그런 다음, 다시 앉아서 돈 가방 위에 발을 올렸다.

그는 우리를 한참이나 노려보았는데, 마치 거기에 없는 사람처럼 느껴졌다. 그는 거기 앉아 미소 짓고 있었는데, 끔찍했다. 불빛에 비친 그의 가짜 치아가 마치 허공에 매달린 무덤처럼 보였다. 그는 도저히 인간처럼 보이지 않았다.

리 멜론은 그를 바라보더니 고개를 저었고, 그에게 가서 종이백을 빼앗아서 술병을 꺼낸 다음, 짐빔의 뚜껑을 열고 한 모금 크게 마신 후 엘리자베스에게 주었고, 남부의 군복에 싸인 그녀도 그렇게 했다.

엘리자베스는 술병을 내게 주었고, 나는 그걸 일레인에게 주었다. 그녀는 조금 마시고 나에게 돌려주었다.

꽝! 나는 머리를 부엌 천장에 부딪친 다음, 통증을 완화하기 위해 위스키를 마셨다. 그랬더니 한결 나았다. 로이 얼은 그러는 내내 미소 짓고 있었다.

"이야기 좀 하지, 로이." 리 멜론이 말했다.

"내 이름은 존스턴 웨이드야. 난 새너제이에 있는 존스턴 웨이드 보험회사를 운영하지. 내가 새 차를 샀더니 아내가 나를 정신병원에 넣으려고 했어. 벤틀리 밤 말이야. 내 아내는 내 돈을 모두 갖기를 원했고, 스탠퍼드에 간 내 아들놈도, 밀스 컬리지에 간 내 딸도 그랬어.

그들은 모두 아빠를 정신병원에 가두려고 했지. 그것들이 놀라겠지만, 난 좀 전에 200달러짜리 과속 딱지를 뗐어. 그것들은 지옥에나 가라지.

어떻게 생각해? 아빠는 그것들에게 당하기에 너무 영리했지. 난 은행에 가서 전재산과 보석과 주식과 증권을 다 찾았지. 석류까지도."

그는 가방에서 석류를 꺼냈다. 마치 마지막 마술을 보여주려는 마법사처럼.

"왓슨빌에서 산 거지." 그가 말했다. "10센트 주고 샀어. 내가 소비한 10센트 중 가장 가치 있는 걸 산 거야. 밀스 컬리지에서 수학과 현대무용을 배우면서 늙은 애비를 등쳐먹으려는 딸년은 10센트도 받지 못할 거야.

스탠퍼드 의대에 다니는 아들놈한테도 10센트도 없어. 하하.

내가 벤틀리 밤을 좀 샀기로 나를 정신병원에 넣으려 했던, 브리지 게임이나 하는 정신병자인 내 아내에게도 10센트도 없어. 석류 사는 데 다 써버렸거든. 그래서 내 아내는 모건 힐에 있는 남자친구에게 줄 돈은 한 푼도 못 건지게 될 거야.

난 새너제이에 있는 존스턴 웨이드 보험회사를 운영해. 내가 쉰다섯인데도 스포츠카를 원한다는 이유로 그것들은 나를 가두려고 했어. 그 대가를 치르게 해야지. 빌어먹을 것들 같으니.

내 변호사가 나더러 돈을 다 찾아서 숨으랬어. 여기에 있으면 경찰이 날 찾지 못할 거야. 안 그래, 친구?

내 변호사는 샌디에이고에 있는 내 비밀 사냥 움막으로 전보를 보낼 거야. 내가 사슴과 코디악 곰을 잡던 곳 말이야.

모든 일이 잘 해결되면 내게 전보를 보내겠다고 했어. 내 가족의 음모에 결정타를 날린 다음에 말이야. 그렇게 되어야지. 안 그래, 친구?"

그런 다음 그는 즉시 조용해졌다. 그는 그 멍청한 미소로 우리를 바라보았다. 그는 마치 이름과 계급과 군번을 대는 전쟁포로라도 된 것처럼, 우리에게 이야기를 털어놓았다.


*까마귀가 광야에 대한 두려움 때문에 자기 주위에 거미줄을 쳤다. 다른 동물들, 쥐, 딱정벌레, 토끼도 거미줄을*

쳤다. 지금은 땅벌레처럼 길고 날씬해진 거미처럼, 무덤의 입구에서 기다리며.

지진에 부서진 운동장처럼 찢어진 군복을 입은 16세 소년이, 군복을 입은 59세 된 노인 옆에, 교회처럼 장엄하고 완벽하게 죽은 채 땅에 누워 있었다.

## 리 멜론의 새너제이 근육

우리는 충격받았다. 리 멜론이 로이 얼을 끌고 갔다. 로이
는 정신이 이상해졌다. 아무도 말을 하지 않았다. 우리는
아무 말도 하지 않았고, 바다 위의 별들도 조용했다. 그래
야만 했다.

엘리자베스는 다시 벽난로의 불을 바라보았고, 일레인
은 앉아 있었다. 우리는 리 멜론을 기다렸다. 별들도 기다
렸다. 엘리자베스도 기다렸고, 일레인도 기다렸다. 나도
기다렸고, 심지어는 기다림 자신도 별들 다음으로 기다렸
다. 왜냐하면 별들은 오래전부터 기다려왔으니까.

"친구 멜론 만세!" 로이 얼이 옆 오두막에서 소리 질렀다.

"닥쳐, 미친놈아!"

"친구 멜론 만세!"

"미친놈! 미친놈.!"

그러고는 침묵이 이어졌다. 별들은 우리 위에 떠 있었고, 엘리자베스는 침묵했다. "커피 마실 사람?" 일레인이 우리가 당하고 있는 상황에서 현실을 일깨우며 말했다. 나는 머리가 둘 달린 용 양파(dragon onion)로 요리하려는 프랑스 요리사가 생각났다.

"그거 좋지." 현실로 돌아오기 위해 내가 대답했다. 우리가 겪고 있는 것은 가치가 없었다. 차라리 현실이 나았다.

일레인은 커피를 준비했다. 하지만 전혀 도움이 되지 않았다.

나는 리 멜론이 이 세상의 유일한 남군의 정신과 의사가 되는 환상을 보았다. 스위스 취리히에서 훈련받은, 군의 깃발로 몸을 두른 메릴랜드! 나의 메릴랜드! 빅서의 정신과 의사. 꿈속의 그리고 현실의 심리치료사.

엘리자베스는 불을 바라보고, 일레인의 커피는 오히려 우리를 초조하게 만들었다. 그녀는 커피를 들고 안절부절 못했다.

"이 정신병자야!" 멜론의 목소리가 어둠 속에서 울려 퍼졌다. 하지만 정신과 치료는 계속되었고, 월계관을 쓴 우리의 용감한 정신과 의사에 의해 또 다른 정신이 빛의 길로 인도되고 있었다.

"로이의 정신이 이상한가 봐." 엘리자베스가 말했다.

별들은 아무 말이 없었다. 그들은 그저 기다리고 있었다. 내 커피는 백색증에 걸린 북극곰처럼 보였다. 즉 차고 검은색이었다. 나는 커피를 연못에 던졌다.

리 멜론이 모습을 드러냈다. 그는 피곤해 보였다. 그는 양손에 위스키를 들고 있었다. 그는 위스키를 궁중음악처럼 퍼뜨리면서 우리 모두에게 술을 권했다. "실탄 있는 총을 가진 거나 마찬가지야." 리 멜론이 말했다. "저 녀석은 미쳤어. 미친놈 취급하는 수밖에 없어. 저놈은 미쳤기 때문에 미친놈처럼 반응하고 있어."

"그자는 돌았어." 내가 말했다.

"그래." 여자들이 말했다.

위스키는 좋았다. 나는 별들에게도 술을 권할 수 있으면 좋겠다고 생각했다. 인간들을 내려다보면서, 때때로 별들도 술이 필요할 거라는 생각이 들었다. 특히 오늘밤 같은 경우에는 더 그랬다. 우리는 취했다.

"그자는 도대체 누구야?" 내가 말했다.

"여섯 달 전에 여기에 왔어." 리 멜론이 말했다. "그러고는 같은 이야기를 했어. 사흘을 머물렀지. 저자는 복날 방울뱀처럼 미쳤어. 진짜 들개이지. 저자는 나를 새너제이의 가기 집으로도 데리고 갔어. 가는 길에 우리는 네펜

디의 술집에 이틀 동안 머물렀는데, 거기서 2000달러나 썼어. 그러고는 새너제이의 저 친구 집에 갔지.

저 녀석의 가족이 나를 보더니 길길이 뛰는 거야. 저자가 말한 대로였어. 아주 악질이었지.

녀석은 차고에 있는 트럭을 내게 주려고 했어. 그의 저택은 대단했지. 3층집이었고, 커다란 잔디밭 하며, 온통 꽃이 피어 있더군. 일본인 정원사도 있었어. 큰돈이 오가는 새너제이의 부촌에 말이야.

난 저 녀석과 거기서 한 달을 같이 살았지. 젠장, 녀석의 가족들은 내게 아무 소용이 없었어. 내가 원하는 건 그 트럭뿐이었으니까.

난 저 자식이 박스로 사오는 와인을 마시고, 그의 하이파이 스테레오로 음악을 들으며 지냈지. 그는 나를 새너제이의 모든 고급 레스토랑에 데리고 다녔어. 진탕 먹고 마셨지. 저놈은 내게 성적인 관심을 보이거나 하지는 않았어.

난 아마 그 와인을 열 상자는 마셨을 거야. 최대한 그집 식구들에게 빈대붙어 못살게 굴었지. 하이파이 스테레오는 아마 스피커가 100개는 되었을 거야. 난 집이 떠나가도록 볼륨을 크게 틀었어. 내가 원했던 것은 그 빌어먹을 트럭뿐이었어.

로니는 트럭에다가 2000달러어치의 멋진 캠핑 장비와 와인과 랍스터 통조림을 실어놓았지. 그런데 내게 열쇠를 주지 않는 거야.

나는 늘 차고에 가서 그 트럭을 바라보았어. 기차게 멋졌지. 저 녀석은 미쳤어. 그래서 그렇게 취급해야 해. 입 닥치고, 앉고, 쉬할 때를 지시해주어야만 해.

내가 자기 아버지에게, '입 닥쳐! 이 정신병자야!'라고 소리 지르면 저놈의 딸이 엄청 싫어했지. 어느 날 내가 와인에 흥건하게 젖은 바닥에 누워서 잠이 들었을 때, 저 사람 부인이 나를 깨웠어. 그러고는 말하더군. '이제 그만 여기를 떠나. 이미 경찰을 불렀으니까. 1분 안에 여기를 떠나도록 해, 이 멍청아.'

나는 로이를 찾느라 재빨리 주위를 둘러보았어. 물론 그는 가버리고 없었어. 아마 정신병원에 넣은 모양이었어. 그래서 나는 떠나야만 했지. 트럭도 없이, 아무것도 없이.

나는 너무 취해서 신발 신는 것조차 잊어버렸어. 그래서 나는 맨발로 돌아왔지. 히치하이킹도 어려웠어. 비료 운반 트럭 뒤에 겨우 얻어 타고 왔어.

그 후로는 저놈의 소식을 못 들었어. 아마도 감금당했던 것 같아. 비록 갇혔지만, 그는 거물이고 영리한 사람이야.

내가 다른 오두막에 있을 때, 그자는 살짝 빠져나가서 돈이 든 그 서류가방을 어딘가에 묻어버렸어.

저놈은 진흙을 잔뜩 뒤집어쓰고 돌아왔는데, 무덤 파는 자에게 겁탈당한 몰골이었지.”

오거스터스 멜론은 어디로 갔는가? 《광야의 나팔》의 표지인물이 되었지. 17페이지를 펴면 로버트 리 장군 기사가 나오고, 100페이지를 펴면 악어에 대한 흥미 있는 기사가 실려 있어.

# 빅서의 캠프파이어

눈앞엔 행진하는 군대가 멈춰 서 있고,

저 아래는, 마구간과 여름의 과수원이 있는 비옥한 계곡,

뒤로는 갑자기 높이 솟아 있는 산의 테라스,

바위들과, 거무죽죽하고 커다랗게 매달려 있는 시더 나무들.

가까이 그리고 멀리, 또 산 위에 흩어진 수많은 캠프파이어,

군인들과 말들의 희미한 모습이 불빛에 흔들리며 점점 환해
지네.

그리고 저 높은 하늘─저 멀리 하늘에는 영원히 반짝이는 별
들이 있네.

-월터 휘트먼

우리는 동이 크기 전에 위스키를 다 마셨다. 빈 위스키
병은 마치 전투의 예언자라도 되는 것처럼 우리 발밑에

누워 있었다. 별들은 늦게야 하늘에 나타났고, 우리 미래를 둘러싸는 철제 그림틀처럼 고정되어 있었다. 그러다가 우리는 해변 아래쪽, 300킬로미터쯤 떨어진 곳에서 불빛을 보았다. 불은 점점 솟아올라 힘과 속도와 중요성이 점점 더 커졌다.

리 멜론이 달려갔고, 나도 그 뒤를 따라갔다. 우리는 불길이 잡히기 직전에 도착했다.

우리가 흙을 던지고 나뭇가지로 때려서 불을 끌 때, 로이 얼은 "하하, 불이군" 하고 소리 질렀다.

나는 리 멜론이 그를 세게 칠 줄 알았는데, 리 멜론이 한 일이라고는, 그를 앉히고 손으로 눈을 가리라고 했을 뿐이다. 그래서 그는 눈을 가린 채, 계속 '하하, 불이군'이라고 했다.

"등대에서는 보이지 않으면 좋을 텐데." 리 멜론이 말했다. "40킬로미터나 떨어져 있으니까 말이야. 하지만 등대 사람들은 잘 보지. 그 사람들이 여기 와서 들쑤시고 다니는 것은 별로야. 아무 소용이 없거든."

우리는 땀을 흘렸고 몸에서는 연기가 났으며, 검게 그을고 피곤에 절어 있었다. 우리는 마치 백혈병에 걸린 스모키 곰처럼 형편없어 보였다.

로이는 손으로 눈을 가린 채, 침착하게 거기 앉아 있었다. '하하, 불이군'이라는 말 외에는 아무것도 안 보고, 안 듣고, 안 말한 채. 그리고 갑자기 미국 역사의 소방서와 소방대장 월트 휘트먼이 하늘에 매달린 소방차 같은 별들 속에서 빛의 물줄기를 뿜어대고 있었다.

유명한 남부대학에 체류하고 있는 전 노예상인 37세의 오거스터스 멜론 일병은 윌더니스에서의 일상적이고 체스게임 같은 죽음을 피해 달렸다. 공포가 그의 옷에 올올이 들어와 박혔으며, 만일 그가 신고 있었다면, 그의 부츠에도 매달려 있었을 것이다.

부서진 나뭇가지들이 떠 있는 샘을 관통해서 달렸다. 관목 숲에서 연기에 그을린 말, 거미줄을 뒤집어 쓴 까마귀, 나란히 누워서 죽어 있는 두 병사, 그리고 그는 자기를 찾는 사람들이 '오거스터스 멜론!'이라고 자기 이름을 부르는 소리를 들을 수 있었다.

# 월계관의 발견

그 후 우리는 모두 자러 갔다. 일레인과 나는 유리로 된 오두막으로 갔다. 정원의 모퉁이에는 메추라기가 살고 있었는데, 산 위로 날아갔다.

리 멜론은 로이 얼과 함께 뭔가를 했는데, 그게 뭔지는 나도 모른다. 하지만 그는 자기들 즉 남부의 장군과 그의 숙녀가 자는 동안에 로이 얼이 불을 더 지르지는 않을 거라고 말했다.

"난 아주 피곤해." 일레인이 누우면서 말했다.

"그거 알아?"

"그게 뭔데?"

"다음에 또 나무 베는 소리가 나면 모른 척해줘."

"그럴게." 우리는 자려고 누웠다. 구름이 잔뜩 끼어 있었기 때문에 유리창을 통해 들어오는 뜨거운 햇살 걱정은 하지 않아도 되었다.

우리는 한낮에 잠이 깼다. "난 섹스가 하고 싶은데." 일레인이 말했다.

좋지. 나는 그녀와 섹스를 했지만 마음은 다른 데에 가 있었는데, 거기가 어딘지는 나도 몰랐다.

우리가 오두막에 갔을 떼, 엘리자베스가 있었다. 그녀는 아름다웠다. "안녕." 그녀가 인사했다.

"안녕." 우리가 말했다.

"리는 어디 갔지?" 내가 말했다.

"로이를 데리러 갔어."

"로이가 어디 있는데?"

"몰라. 리가 어딘가로 데려갔어."

"어디로 데려간 거지?" 일레인이 말했다.

"나도 몰라. 하지만, 리가 그러는데, 로이가 더 불을 지르지 않겠다고 했대. 로이는 전에도 거기에 가본 것 같아. '난 거기 가기 싫어' 그랬거든. 하지만 리는 거기가 전처럼 나쁘지 않다고 말했어. 리는 로이가 담요를 갖고 가도 된다고 했어. 이게 다 무슨 일인지 감이 와?"

"어디로 간 거지?" 내가 말했다. "여기에는 사람이 있을 만한 곳이 없는데."

"나도 모르겠어." 그녀가 말했다. "그런데 저기 오고 있네."

리 멜론과 로이 얼이 아래쪽 오두막에서 걸어오면서 이야기를 하고 있었다.

"자네 말이 맞았어, 친구." 로이 얼이 말했다. "전처럼 나쁘지는 않았어. 담요를 아주 요긴하게 썼지."

"그럴 거라고 말했잖아." 리 멜론이 말했다.

"하지만 난 안 믿었지."

"사람 믿는 법을 좀 배워."

"누가 나를 가두려고 할 때는 그 사람을 믿기가 어렵더라고." 로이 얼이 말했다.

그들은 우리 옆에 도착했다.

"안녕." 로이 얼이 유쾌하게 말했다. 그의 근육은 좀 뭉쳐 있는 것 같았지만, 정신 상태는 훨씬 좋아진 것처럼 보였다.

"안녕." 리 멜론이 말했다. 그는 엘리자베스의 얼굴에 키스했다. 그들은 서로 포옹했다.

나는 연못의 악어를 바라보았다. 악어들은 눈을 75퍼센트 정도만 물 밖으로 내놓고 나를 바라보고 있었다.

우리는 아침을 먹었다.

로이는 우리하고 아침을 거하게 먹은 다음. 다시 정신 상태가 나빠졌다. 음식이 그의 광기를 부추기는 것 같았다. "내 돈은 아무도 못 찾을 거야." 로이 얼이 말했다. "땅에 묻었거든."

"빌어먹을 돈은 너나 가져." 누가 말했다. 나였다.

로이는 벽난로의 돌무더기 밑을 뒤지더니 꾸러미 하나를 찾아냈다. 그건 비닐에 싸여 있었다.

로이는 그걸 풀어서 조심스럽게 살펴보고 냄새를 맡더니, "이건 마리화나 같은데"라고 말했다

리 멜론이 걸어왔다. "어디 좀 보자." 그는 살펴보더니, "이건 박하 꽃이야"라고 로이 얼에게 말했다.

"내가 보기에는 마리화나 같은데."

"아냐, 박하 꽃이야."

"그게 마리화나라는 데 천 달러 걸지." 로이 얼이 말했다.

"아냐, 이건 박하 꽃이야. 스파게티에 넣으면 좋지." 리 멜론이 말했다. "부엌에 두었다가 다음에 스파게티 만들 때 쓰자."

리 멜론은 마리화나를 부엌에 가져다놓았다. 로이 얼은 어깨를 으쓱했다. 그날은 조용히 지나갔다. 엘리자베스는 아름다웠다. 일레인은 초조해했다. 로이 얼은 악어를 유심히 바라보았다.

로이 얼은 조용히 악어들을 내려다보더니, 해가 질 때까지 조용히 보냈다. 그는 연못을 바라보더니, 갑자기 지진이라도 난 것처럼 크게 소리 지르기 시작했다. "이런,

저기 악어가 있네?"

리 멜론이 그를 데리고 갔다. 그는 엄청나게 충격받았다. "저기 악어가 있어. 저기 악어가 있어. 저기 악어가 있어." 그는 우리가 그자의 소리를 듣지 못할 때까지 끌려 갔다.

리 멜론은 전에 가두었던 데에 다시 그를 가두었다. 나는 거기가 어딘지 모른다. 어딘지 생각조차 하기 싫다. 중립국 도시 취리히에 남부연맹의 깃발이 휘날리는 그곳 말이다.

그는 덤불 사이로 북군 병사들이 나오는 것을 보았다. 그는 땅에 엎드려서 죽은 척했다. 하긴 죽었는데 살아 있는 척했어도 달라진 건 없었을 것이다. 북군 병사들은 너무 겁에 질려서 그를 보지 못했다. 그들에게는 어차피 총도 없었다. 그들은 총을 버린 다음, 항복할 남군을 찾고 있었다. 물론 오거스터스 멜론은 그걸 모르고 땅에 누워서 눈을 감고 숨을 죽이고 있었다.

## 리 멜론이여, 굴러가라! 구르는 강처럼

리 멜론은 로이 얼을 떼어놓고 혼자 돌아왔다. "그는 아주 편하게 있어!"

"어디에 두고 왔는데?" 내가 말했다.

"걱정할 것 없어. 그는 잘 있어. 바다가 보이는 멋진 곳이야. 그 녀석은 미쳤어. 빅서에 불을 지르게 둘 수는 없잖아. 잘 있으니, 염려 마."

"융의 분석 심리학이군, 응?" 내가 말했다.

"웃기지 마." 리 멜론이 말했다. " 그는 잘 있어. 내가 잘 돌봐주고 있다고."

"좋아." 내가 말했다. "여기 살고 있는 사람은 너니까."

"그렇다면 가서 마리화나를 가져와도 되지?" 리 멜론이 말했다. "넌 어떤지 모르겠지만, 난 지금 그게 필요해. 마리화나를 조금만 피우겠다는 거지. 괜찮지?"

"그래, 그렇게 해."

리 멜론은 부엌으로 가서 우리가 양념을 넣어두는 곳에서 마약을 갖고 왔다.

"벽난로에서 로이가 찾아낸 것이 정말 마리화나였어?" 일레인이 내게 속삭였다.

"그래." 내가 말했다.

"리 멜론은 동작이 아주 빠르네, 안 그래?"

"그런 것 같아. 마리화나 피워본 적 있어?"

"아니." 그녀가 말했다.

"마리화나를 찾았어." 리 멜론이 손에 조그마한 비닐 백을 들고 부엌에서 나오면서 말했다.

"이건 무서운 마약이지. 악마의 뿌리고. 아주 나쁜 거야." 그가 말했다. "이걸 발견하기 전까지 난 교인이었어. 자, 기분 좀 좋아져보실까?"

"난 마약을 한 적이 없어." 일레인이 말했다. "그걸 하면 기분이 어때?"

"자, 서둘러요." 리 멜론이 카니발 홍보원처럼 말했다. "마약여행이오! 마약여행! 신선한 마약여행이오! 호외요! 89세의 철학자가 재즈 음악가들의 약방에서 체포되다. 그런데 그게 참치인줄 알았다고 하네. 호외, 읽어보세요. 탕헤르! 탕헤르! 알바니아!"

일레인은 폭소를 터뜨렸고, 엘리자베스는 미소 지었다. 나는 무심코 모든 것을 기억하고 있었고, 리 멜론은 신문지를 펴고 마리화나를 놓은 다음 흡연용으로 다듬었다. 뿌리와 씨를 분리해서 그것이 섬세해질 때까지 손질했다.

"아, 마리화나여." 리 멜론은 반복해서 말했다. "이건 마약이야, 마약이라고. 어머니가 경고했지. 목사님은 이게 내 뇌세포의 뼈를 썩게 한다고 했지. 아버지는 나를 무릎에 앉히고 말씀하셨지. '절대 마리화나를 피우지 마라. 오늘 아침 암소가 계란을 낳았고, 토끼가 말안장을 차리려고 했단다.' 아, 이건 마약이야, 마약."

나는 한 번도 리 멜론과 함께 마리화나를 한 적이 없었다. 그걸 하면 세상이 달라질 것 같았다. 저 젊은 약쟁이는 자기가 무슨 짓을 하는지 알고 있는 것 같았다.

그는 마리화나를 말아서 불을 붙인 다음, 자신의 남부 숙녀에게 주었다. 엘리자베스는 한 번 깊이 빨고 그걸 일레인에게 넘겨주었다. 일레인은 어쩔 줄 몰라했다.

"허파까지 들이마셔봐." 내가 말했다. "그리고 참을 수 있는 만큼 그대로 있어봐."

"좋아." 그녀가 말했다.

그녀는 내가 시키는 대로 했다. 아주 잘했다. 그녀는 마리화나를 내게 건넸다. 나도 죽 들이마신 후 리 멜론에게 돌려주었다. 우리는 그 짓을 계속했고, 하늘의 연보다 더 높이 붕 떠올랐다.

다섯 번씩 돌아갈 때쯤, 리 멜론은 웃기 시작했다. 그는 아무 말도 없이 계속 웃어댔다.

"기분 좋은데." 일레인이 말했다. "하지만 난 차이를 모르겠어. 혁명이 일어난 것 같지는 않은데." 그녀는 내게 말했다. 그녀는 불을 보았다.

엘리자베스는 끝없이 날아다니는 백조 같았다. 다시 말해, 그녀의 정신은 육체를 벗어나 방을 날아다녔다. "기분 좋은데." 그녀가 말했다.

리 멜론은 미친 듯이 웃어대더니, 마리화나를 말아놓은 종이 끝을 부서뜨리더니 다 없어질 때까지 먹어댔다. 그러고는 나머지를 갖고 마치 트럼프 카드를 뒤섞듯이 섞어서 B-17 폭격기처럼 만든 다음, 베를린 상공을 폭격하는 것처럼 불을 붙여서 모두를 더 취하게 했다.

일레인은 오랫동안 불을 바라보고 있었다. 엘리자베스는 아직도 미친 듯이 웃고 있는 리 멜론을 바라보며, 자기 머리카락을 갖고 놀고 있었다.

그는 더는 말을 할 수 없는 것처럼 보였다. 그래서 나는 계속 방을 오가면서, "흠, 흠, 너는 이제 말을 못하는구나"라고 말했고, 리 멜론은 점점 더 큰 소리로 웃곤 했다.

"말을 못하겠지, 응?"

리 멜론은 고개를 끄덕였다.

"들을 수는 있냐?"

리 멜론은 손가락을 두 개 흔들어 보였다.

"좋아." 내가 말했다. "넌 분명 말을 못하는구나. 하지만 들을 수는 있어. 그건 좋은 거지."

리 멜론은 마치 포탄이 도시 위로 떨어지듯 두 손가락을 흔들었다.

"좋아, 좋은 교신 방법이야." 내가 말했다. "인간의 오래된 '예스'와 '노'의 표시지. 생명체들이 살고 있는 땅에서의 교신 방법이지. 넌 말을 못하고, 건전한 정치 이야기는 못하겠지만, 그 두 손가락으로 '예스'를, 머리를 흔들어서 '노'를 표시할 수 있어. 다시 해보자. 손가락을 흔들면 '예스'고, 머리를 흔들면 '노'야."

그는 마치 일곱 마리 하이에나의 내장을 끄집어낸 다음 닭털을 발라놓은 광경을 본 것처럼 미친 듯이 웃어댔다.

"좋아, 좋아 보이는군. 면밀히 검토해본 결과, 나는 이 자가 마약에 취해 있다고 선언하는 바이다."

리 멜론은 마치 윈스턴 처칠이 승리를 의미하는 브이 자를 손가락으로 그리듯 두 손가락을 흔들었다.

"그래, 그래. 이 사람은 찰스 디킨스의 소설 주인공 데이비드 코퍼필드를 생각나게 하는군. 그리고 미스터 딕의 에로틱하고 정신 나가고 제정신이 아닌 모험을 생각나게 해.

이 사람은 분명 야반도주한 자이고, 집세를 낸 적도 없고, 헌 구두나 훔치며, 마을에 온통 페인트로 낙서하며, 가방 속에 박제한 물개 발이나 갖고 있을 거야.

그래, 이 사람은 분명 마약에 취해 있어. 가방 속에 틀림없이 물개 발하고 토머스 드 퀸시*의 의상이 있을 거야."

리 멜론은 물개처럼 양손으로 바닥을 치더니, 물개 소리를 냈다. 리 멜론은 한 시간 전에는 로이 얼을 돌보더니, 이제는 자기가 돌봄을 받아야 하는 신세가 되었다.

엘리자베스는 이 모든 것이 아주 재미있는 듯, "리가 엄청 취했군"이라는 말만 계속해서 했다.

일레인은 불만 바라보았다. 그녀는 한 번도 불에서 눈을 떼지 않았다. 마치 처음으로 불을 본 사람처럼. 그리고 그게 그녀만을 위한 불인 것처럼.

"이제 그만하지, 리 멜론." 내가 말했다. "소설가 잭 런던도 그게 너무 진부해서 그만두었거든. 더 창의적인 걸 해보자."

---

*《어느 영국인 아편쟁이의 고백》을 쓴 영국의 비평가 겸 소설가.

그러나 리 멜론은 계속해서 물개처럼 바닥을 쳤다. 분명 그게 재미있는 것 같았다. 그런 다음, 나는 엘리자베스의 머리칼에 시선을 고정했다. 그녀의 머리는 불빛을 받으면 움직이는 것 같았다. 그것은 나하고는 너무나 거리가 먼 어떤 것 같았다. 마치 결혼처럼.

"마리화나 좋은데." 드디어 일레인이 말했다.

리 멜론은 손가락 두 개를 들었고, 엘리자베스의 머리가 거기 동의했다.

북부 병사들이 공포에 사로잡혀 도망간 후, 오거스터스 멜론은 잠시 기다렸다가 몸을 움직였다. 그의 손에는 개미 한 마리가 기어가고 있었다. 그 개미는 류머티즘으로 가는 여권을 갖고 있는 듯이 움직였다. 오거스터스 멜론은 소리 없이 욕을 퍼부었다. 죽을 때 죽더라도, 개미는 싫었다.

## 악어에서 폭찹을 빼면

두 시간 동안이나 말없이 웃기만 하던 리 멜론이 드디어 일어나서 연못에 뛰어들었다. 물장구를 치며 악어들을 어두운 물 밖으로 몰아내면서.

"그르렁! 그륵, 그륵, 그륵, 그륵. 그륵."

악어로 속임수를 부리는 데 서투른 악어 마술사처럼, 그의 손에 악어들이 잡혔다가 빠져나갔다가 했다.

15분쯤 후에 드디어 그는 한 마리를 잡았다. 그는 여전히 말을 못 했고 웃기만 했다. 환상적이었다.

그는 위대한 남부의 장군 같은 제스처로 엘리자베스에게 악어를 건네주었다. 그녀는 빛나는 엄숙함으로 악어를 받았다. 그리고 키스로 보답했다. 그 모든 것은 감동적이었다.

리 멜론은 다시 연못으로 뛰어들었다. 사실은 연못으로

떨어졌다는 말이 더 정확할 것이었다. 물보라를 일으키며, 얼굴이 먼저 수면에 닿은 채, 그는 연못으로 떨어졌다.

바로 그 순간, 로이 얼이 불빛 가장자리에 나타났다. 그는 통나무에 묶여 있었는데, 어디에서부터 통나무를 끌고 왔는지 알 수 없었다. 끔찍했다.

"친구 멜론이 뭐하는 거지?" 물에서 물장구를 치며 웃고 있는 자신의 남군 정신과 의사를 바라보며 그가 물었다.

"악어를 잡고 있지." 내가 말했다.

"오, 안 돼, 안 돼, 안 돼." 통나무를 들어서 어둠 속으로 끌고 가며 로이 얼이 소리 질렀다. 그는 유령처럼 나타났다가, 유령처럼 사라졌다.

오고 가는 동안, 그에게 우리는 안중에도 없었다. 그는 빅서에서 통나무에 묶인 또 하나의 유령이자, 도망치는 악어였다.

리 멜론은 자기 셔츠 칼라를 꽉 물고 있는 악어를 데리고 물 밖으로 나왔다. 리 멜론은 연못에서 나와 방으로 들어갔다. 그러는 내내 악어는 그의 목에 메달처럼 매달려 있었다.

그는 꽃 속에서 목이 잘린 채 누워 있는 북군 대위를 보았다. 눈도 없고 입도 없고 목 위로는 단지 꽃만 있어서,

마치 꽃병처럼 보였다. 그 와중에도 오거스터스 멜론은 대위의 군화를 보았다. 목은 없었지만 신발은 거기 있었다. 그 군화는 맨발의 오거스터스 멜론의 발에 환상을 심어주었다. 그의 맨발의 환상은 곧 가죽의 현실로 바뀌었다. 오거스터스 멜론 일병이 보기에 머리 없고 신발 없는 그 대위는 더욱 뭔가가 부족해 보였고, 현실과는 더욱 거리가 멀어 보였다.

## 네 커플: 미국의 이야기

우리가 자러가기 전, 일레인은 처음에는 별로였다가 나중에는 마리화나를 정말 좋아했다. 엘리자베스는 어떻게 되었는지는 모르지만, 그녀는 리 멜론과 함께 나갔다.

그들은 악어를 데리고 갔다. 리 멜론이 그 뒤로 다시 말을 했는지, 안 했는지는 잘 모르겠다. 엘리자베스는 자기가 운전할 수 있다고 했다.

나는 로이 얼을 찾기 위해 사방을 둘러보았다. 그자가 통나무를 끌고 고속도로로 올라가지 않기를 바랐다. 사람들에게 잘못된 인상을 줄 수도 있기 때문이었다. 그런 경우 올바른 인상을 준다는 것은 불가능하기 때문이다. 모든 것이 아주 이상했으니까.

로이 얼, 너 어디에 있니? 나는 등불을 들고 여기저기 찾아보았다. 일레인은 불 옆에 앉아 있었다. 그녀는 불에

매료되었다. 그녀는 불 속에 우리 모두가 들어 있다고 말했고, 나는 거기 동의하면서 조심하라고 말해주었다.

"로이 얼? 로이 베이비, 로이?" 나는 마지막 오두막까지 두루 살펴보았다. "로이, 문제 없어. 악어들은 가버렸어. 다 해결되었어. 이제 나와도 돼. 존스턴 웨이드? 웨이드 씨? 웨이드 보험회사?"

"나 여기 있어." 조용한 목소리가 말했다. "웨이드 보험회사는 여기 있어. 오두막 안에 말이야." 로이 얼의 목소리 같지는 않았지만, 그 사람 말고 여기에 또 누가 있단 말인가?

나는 오두막 문을 열고, 등불을 들고 들어갔다. 존스턴 웨이드 씨는 더블 사이즈 침낭 속에 들어가 있었다. 그의 옆에는 다른 사람이 누워 있었다. 잠시 나는 그게 엘리자베스라고 생각했지만, 그건 아니었다. 그럴 수는 없었다. 내가 왜 그런 생각을 했을까?

"옆에 있는 사람은 누구야?" 내가 물었다.

"통나무야." 존스턴 웨이드가 대답했다. "떼어낼 수가 없어서 같이 잠자리에 들었지."

"문제 없어?" 내가 말했다.

"그럼." 그가 말했다. "하지만 난 대개는 미쳐 있어. 내가 무슨 말을 하는지, 어디에 있는지도 몰라. 여기는 어디고

너는 누구지?"

"여긴 빅서고, 나는 제시야."

"안녕, 제시."

내가 등불을 치우고 잠시 침묵이 흐른 후, 그가 말했다.

"어쨌든 이제는 가줘야겠어. 나는 피곤해."

"통나무 체인을 벗겨줄까?" 내가 말했다.

"아냐." 그가 말했다. "괜찮아. 사실 난 이 상태가 좋아. 내 아내가 생각나거든. 잘 자."

"잘 자." 내가 말했다. 나는 돌아와서 일레인을 불에서 구해주었다. 어쩐지 내가 불 속에서 길을 잃은 스키선수를 구해준 세인트 버나드 같다는 이상한 느낌이 들었다.

"불이 너무 예뻐." 그녀가 말했다. "우리 모두 불 속에 들어 있어."

"그래." 내가 말했다. "이제 자러 가자."

우리는 어렵지 않게 부엌으로 나 있는 구멍을 통해 빠져나왔다.

"리하고 엘리자베스는 어디 갔어?"

"그 여자 차로 어디론가 갔어. 악어도 데리고 갔지. 어디 갔는지는 몰라."

"불 속에서 그들을 봤어." 그녀가 말했다.

오거스터스 일병은 일어나서 걸었다. 그의 주위에서는 마치 확대경을 비추는 것처럼 전쟁 소리가 들렸다. 그러다가 커다란 소총 쏘는 소리 속으로 윌더니스에 새로운 힘을 보여주려는 듯 대포 소리가 들렸다.

## 북소리에 깨다!

우리가 얼마나 잤는지는 모르겠다. 나는 알프레드 히치콕의 꿈을 꾸었다. 그는 남북전쟁은 괜찮았다고 말했다. 그때 일레인이 또다시 나를 흔들어 깨웠다. 오, 안 돼.

나는 이번에는 저항하지 않을 거야. 저항할 이유가 없어. 그래서 눈을 떴다. 이른 아침이었다. 그리고 그날 아침은 최근에 일어난 일들만큼이나 이상했다. 밖은 서늘했고 구름이 끼었으며, 창밖에는 바람 한 점 없었다.

"무슨 일이야?" 내가 말했다.

"북소리가 들려." 그녀가 말했다. 그녀의 목소리가 피곤하게 들렸다. "들리지?"

그렇다, 북소리가 들렸다. 분명 북소리였다. 월트 휘트먼의 북소리처럼 폭력적이지는 않았지만, 북소리가 들렸다.

아마도 남군이 북부를 다시 침략할 준비가 되어 있는지도 몰랐다. 누가 알겠는가? 나는 모르지만, 저 북은 알고 있겠지.

"여기서 기다려."

난 옷을 입고 무슨 일인가 보러 나갔다. 나는 1번 고속도로에서 수만 명의 남부연합 기병대가 각종 계급장을 휘날리며 행진하고, 실탄과 물자를 실은 수백 대의 군용마차가 말과 대포들과 함께 질서정연하게 행진하는 것을 기대했다.

나는 1번 고속도로에서 남부연합 군인들이 북을 치고 깃발을 휘날리며 캘리포니아의 몬터레이를 침략하는 것을 기대했다. 하지만 내가 본 것은 통나무를 떼어낸 채 부엌 벽에 난 구멍 가에 앉아서 뒤집어진 싱크대를 두드리는 로이 얼이었다.

"무슨 일이야?" 내가 말했다.

"아무것도 아니야. 다만 북을 쳐서 사람들을 부르는 것뿐이야."

그는 멀쩡한 정신으로 말했다. "다들 어디 갔는지 몰라서 말이야."

"그럼 성공했네." 내가 말했다.

오거스터스 멜론은 비틀거리며 공터로 나갔는데, 한쪽 끝에 번쩍거리는 포대가 있었다. 후드가 이끄는 텍사스 부대가 북군을 공격하려하고 있었다. 로버트 리 장군은 전장에 뛰어들려고 했지만, 텍사스 군인들이 그걸 막았고, 그때 빅서에서 간, 풀뿌리 먹는 인디언 부대가 도착해서 리 장군의 말 트래블러에게 삿갓조개를 먹어보라고 권했다. 오거스터스 멜론 일병은 새 군화를 신었고, 빅서에서 간 제8 의용군 부대는 장군과 그의 말을 중앙에 놓고 춤을 추기 시작했다. 그들 주위에서는 이 나라가 경험한 마지막 좋은 시절에 일어났던 남북전쟁이 계속되고 있었다.

## 잘 가라, 로이 얼, 잘 지내

리 멜론과 엘리자베스가 차를 몰고 나타났을 때, 로이 얼의 상태는 아주 좋았다. "저기 리 멜론이 오네." 로이 얼이 말했다. "저기 내 친구 멜론이 오네."

"그렇군." 내가 말했다. "친구 멜론이 오는군."

"저 친구, 통나무는 어떻게 떼어낸 거야?" 하늘을 나는 새처럼 다시 말하게 된 리 멜론이 말했다.

"나도 몰라." 내가 말했다. "애초에 왜 통나무를 매달았는데? 다른 식으로 하면 안 되었나, 융 박사?"

"저 친구 다루는 법은 내가 잘 알아." 리 멜론이 말했다. "그렇겠지." 내가 말했다. "그래서 어젯밤 저 친구가 통나무를 매달고 여기저기 돌아다녔구먼. 어젯밤에 네가 마리화나 피우고 햄릿 놀이할 때는, 저 친구 못 봤어?"

"걱정할 것 없어." 리 멜론이 말했다. "이제 다 회복되었으니까."

"그래. 그런 것 같군." 명백한 이유로 투숙객들이 떠나버린 것 같은 호텔의 공허함을 느끼며 내가 말했다.

아침 식사가 준비되는 동안, 로이 얼은 이상하리만치 조용했고 안정되었다. 그러나 아침 식사가 끝나기도 전에 그는 다시 어젯밤 내가 오두막에 갔을 때, 녹색의 침낭 속에서 통나무와 나란히 누워 있던 사람처럼 보였고 그렇게 행동하기 시작했다.

아침을 다 먹자 그는 말했다. "난 이제 가야 해. 오늘이 수요일이지?"

"그래." 엘리자베스가 말했다.

"콤프턴에서 고객을 만나야 해." 그가 말했다. "이제 곧 떠나야 해. 만나서 즐거웠어. 언젠가 새너제이에 오면 만나게 되길 바라."

"그래." 리 멜론이 말했다.

존스턴 웨이드씨는 완벽하게 제정신 같았다. 빅서의 초라하고 단정치 못한 몸과 옷차림만 빼면 말이다.

"그래, 난 약속이 있어서 가봐야 해."

"별 문제 없는 거야?" 일레인이 말했다.

"당연하지. 젊은 숙녀분." 그가 말했다. "내 차가 숲 옆의 길에 있어."

"돈은 갖고 가는 거야?" 훔치는 데 악명 높은 리 멜론을 심문하듯 바라보며 일레인이 말했다.

"내 서류가방을 갖고 있어." 프랑켄슈타인의 가발 같은 끔찍한 사슴 카펫을 쳐들며 존스턴 웨이드씨가 말했다. "여기 있어. 오늘 아침에 갖다놓았지."

"잘했어." 내가 말했다.

리 멜론은 연못을 바라보고 있었다. 개구리와 악어가 없어서 연못은 왠지 달라 보였다. 나는 리 멜론에게 악어들을 어떻게 했느냐고 물어보고 싶었지만, 존스턴 웨이드씨가 보험회사 고객과의 약속을 지키러 콤프턴으로 떠난 후까지 기다리기로 했다.

그는 차를 덮은 나뭇가지들을 치웠고, 우리는 그에게 작별인사를 했다. "새너제이에 오면 연락해." 그가 차를 후진시키면서 창밖으로 소리 질렀다.

"그래." 리 멜론이 말했다.


잘 가라, 로이 얼. 여행 잘해. 잘 가, 로이 얼, 잘 지내. 하지만 나는 기분이 좋지 않았다. 이제 방이 하나 더 비었다. 엘리베이터에는 옷 가방이 끼었고.

## 월계관을 쓰다, 우리 앞의 깃발, 우리는 하강한다!

우리는 오두막으로 돌아갔다. 해가 떴고, 덤불 속의 안 보이는 새들처럼 장미 향기가 태양의 빛과 함께 우리 주위를 맴돌면서 우리를 따라왔다.

"이제 로이 얼 문제는 해결되었네." 리 멜론이 말했다. "새너제이에 가면 로이 얼을 만나도록 해. 나 같으면 여분의 신발과 탈출용 차를 가져가겠어. 그것들이 있는 한 즐거울 거야."

"고급 와인도 있어야지. 고급 와인 이야기가 나왔으니 말인데, 태평양에 가서 마리화나를 하면서 서핑하자. 마약을 하고 서핑을 하면 끝내주지.

북아메리카의 그랜드 그릴에 달걀처럼 깨지는 것은 멋있지. 그걸 좋아하는 거지? 응? 문학적이니까."

"어, 제기랄. 악어들은 어디로 간 거야?" 내가 말했다.

"마리화나 피우고 싶어." 일레인이 말했다.

"허츠빌에 놓고 왔지." 리 멜론이 말했다.

"허스빌이라고?"

"아니, 허츠빌이야. 샌 사이먼에 있는."

"맙소사. 악어들이 거기서 뭘 하는데?"

"연못에 던져버렸어. 알잖아. 영화 〈시민 케인〉에 나오는 체스놀이. 그렇게 해야만 할 것 같았어." 리 멜론이 말했다. "개구리는 없어졌어. 다시는 돌아오지 않을 거야."

"노워크 같은 곳에 정착했겠지. 그 개구리들은 '악어충격'을 받았어. 나쁜 약을 먹은 셈이지.

우린 악어들이 여생을 편하게 지내야 한다고 생각해. 그리스의 신전에서 삶을 즐겨야 해. 형편없는 연금에 의존해 살기보다는."

"좋아." 내가 말했다. "그 말이 맞아."

나는 정신이 몽롱해졌다. 마치 내 정신이 내 감각을 떠나 휴가를 간 것 같았다. 리 멜론이 마리화나를 갖고 있는 한, 그런 현상은 계속될 것 같았다.

엘리자베스는 평상시와 같았다. 그녀는 어디선가 진홍색 허리띠를 구해왔고, 리 멜론은 그걸 그녀의 허리에 매어주었다. 우리는 가파른 절벽을 따라 태평양으로 갔다. 그녀의 허리에는 마치 남군의 깃발이 달려 있는 것 같았다.

우리는 그물 속의 물고기처럼 그녀 뒤에 매달려서 이동했다. 물줄기를 높이 뿜으며 고래 세 마리가 지나갔다. 나는 엘리자베스의 허리에서 시선을 돌려 고래를 바라보았다. 나는 고래 물줄기에 남군의 깃발이 펄럭이는 것을 기대했다,

## 석류의 결말, 1초에 186000번의 결말

태평양은 가야 할 곳으로 흘러가고 있었다. 리 멜론이 마리화나를 마는 동안 우리는 해변의 가장자리에 있었다. 그는 일레인에게 마리화나를 건네주었다. 그녀는 깊게 흡입한 후, 그걸 내게 주었다. 나는 그걸 현대에 와서 잃어버린 그리스 춤 같은 엘리자베스에게 주었다.

우리는 대여섯 번 마리화나를 피웠고, 그때쯤에는 파도가 달라져서, 가볍게 천천히 우리를 둘러쌌다.

나는 엘리자베스를 바라보았다. 그녀는 하얀 바위에 앉아 있었고, 바람이 그녀의 붉은 깃발의 끝에 불을 붙인 것 같았다. 그녀는 머리를 손으로 붙잡은 채 바다를 바라보았다. 리 멜론은 거친 모래 바닥에 등을 대고 누워 있었다.

일레인은 수도승의 이 사이에서 얼음 만드는 트레이가 부서지듯 부서지고 있는 파도를 바라보고 있었다. 누가 알겠는가? 나는 모른다.

나는 마리화나에 취해 있는 세 사람을 바라보았고, 나 자신과 현재의 관계도 응시했다. 나는 기분이 이상했고 혼란스러웠다.

지난주에 있었던 일들은 내가 감당하기에는 너무 벅찼다. 생각하건대, 그건 내게 다소 벅찬 경험이어서 서로 연결시키기 어려웠다. 나는 엘리자베스를 바라보았다.

그녀는 아름다웠고, 갈매기들은 태양 위로 날아다녔다. 파도의 거품은 마치 바하나 모차르트 음악처럼 하프의 선율로 부서졌다. 우리는 거기에 앉아 있었다. 마리화나에 취한 네 사람.

엘리자베스는 아름다웠고, 바람이 그녀의 머리칼과 하얀 드레스 자락을 들어 올렸으며, 남군의 깃발은 붉은 머리칼처럼 휘날렸다. 일레인은 홀로 앉아 있었다.

그러다가 일레인이 내게 와서 말했다. "우리 좀 걸을까?"

"좋아." 그건 내 목소리였다. 그렇지? 그래, 그건 내 목소리였어. 우리는 조금 걸었다. 아니면 50년쯤 같이 걸었나? 갑자기 일레인이 나를 껴안더니, 진한 키스를 하면서 내 다리 사이로 손을 집어넣었다.

그녀의 손길은 수줍은 소녀의 것이 아니었다. 그녀는

섹스를 원했다. 이런, 어떻게 참았지?

"하고 싶어." 그녀가 아이처럼 말했다.

그녀는 내 입속에 자기 입을 넣었다. 하지만 나는 감각이 없었다. 너무 힘든 일주일이었으니까. 내 마음속에서 무엇인가가 빠져나갔다.

"자기 옷을 벗길 거야." 일레인이 말했다.

나는 거친 모래와 흰 자갈들과 공중에는 파리가 많은 곳에 앉았다. 파리들이 내 몸에 내려앉고 있었다, 일레인은 내 신발을 벗기고 바지를 벗긴 다음, 내가 발기가 안 된 것을 보았다.

"아래에 자극을 줘야겠네." 그녀가 말했다. "지금 즉시." 그녀는 내 팬티를 벗겼다. 아침에 깼을 때 내가 입은 모양인데 입은 기억이 없었다. 중요한 것은 아니었지만, 그건 나를 놀라게 했다. 사람은 그런 일로 놀라면 안 되는데.

"셔츠를 벗어." 그녀가 말했다. "봐, 이제 다 벗었어." 그녀는 기뻐했지만, 나는 그녀가 전혀 모르는 사람처럼 느껴졌다.

나는 엘리자베스가 뭐 하는 걸까 생각했고, 무엇인가가 내 마음속에서 빠져나갔다. 나는 다리에 붙은 파리를 찰싹 때렸다. 파리들은 폭풍우 후에 해변에 널린 다시마로부터 내게 날아왔다. 그게 불과 이틀 전이었을까? 그랬을 것이다.

"난 아직도 옷을 입고 있네." 일레인이 말하며 자기 구두를 벗어서 던졌다. 그녀는 정말 에로틱했다. 그러나 나는 그녀를 사람들이 핀볼 기계를 바라보듯 바라볼 뿐이었다.

그녀는 셔츠를 벗었고 대양의 바닷물이 그녀에게 쏟아졌으며, 하얀 대리석 같은 파도가 도이칠란트산 와인잔에 부딪치듯 그녀의 뒤에서 부서졌다.

그녀는 옷을 벗으며 최대한의 교태를 연출했다. 그 순간, 나는 햄릿 앞에서 옷을 벗는 오필리어가 나오는 이상한 〈햄릿〉을 연상했다.

그녀의 젖가슴은 차가움에 단단해졌다. 그녀의 젖꼭지는 마음속의 보석처럼 단단해졌다. 그녀의 피부도 싸늘한 온도 때문에 영화처럼 움직였다.

그녀는 청바지를 입고 있었다. 이상하게도, 나는 하루 종일 그걸 눈치채지 못하고 있었다. 그녀는 천천히 바지를 내려서 엉덩이 근처에 머물게 했는데, 마치 뗏목 위에서 떠내려 오는 조각상처럼 보였다.

그런 걸 원하는 사람이 누가 있으랴. 나는 아직도 발기가 안 되고 있었다.

나는 아무런 욕정을 느끼지 못했다. 나는 아래를 내려다보았는데, 거기에는 다만 모래보다 조끔 더 큰 하얀 자갈만 보일 뿐이었다. 파리 한 마리가 내 어깨 위에 앉았고, 나는 어깨를 으쓱해서 그놈을 쫓아버렸다.

일레인은 음부 중간쯤까지 청바지를 내렸는데, 내게는 그것이 이상하게 보였다. 나는 아무런 생각이 나지 않았다.

나는 발기가 안 되었다. 아마 나중에는 되겠지. 이상하다. 아마도 나중에 그녀가 도와줄 수 있겠지. 나는 기분이 좋지 않았다.

물론 그녀가 도와줄 수 있을 거야. 이런 것은 별것 아니니까.

그녀는 바지를 다 벗고 리드미컬하게 내게로 다가왔다. 그러고는 내 앞에 무릎을 꿇고 앉았다. 내 발치의 하얀 자갈들을 바라보았는데, 일레인의 머리 그림자가 자갈들 위를 덮어서 그늘지게 만들었다.

그래도 여전히 발기는 안 되었고, 파리들이 우리에게 모여들기 시작했다. 나는 혹시나 하고 그녀 위로 올라갔지만 파리만 모여들 뿐 아무 일도 일어나지 않았다. 아무리 노력해도 아무 일도 일어나지 않았다.

누가 인간을 만물의 영장이라 했던가? 파리 떼는 우리의 벗은 엉덩이에 몰려들어 우리가 지구를 지배하는 만물의 영장이 아니라는 것을 철학 세미나를 통해 몸소 보여주었다.

잠시 후, 모든 것이 명백해졌다. 일레인 하늘, 일레인 태평양, 일레인 모래, 일레인 태양, 일레인, 일레인, 일레인…….

"괜찮아." 그녀가 말했다. "괜찮아." 그 말은 기분 좋게 들렸다. 발기가 안 될 때, 새들이 불러주는 노래 같았다.

"가엾은 사람." 그녀가 말했다. "마리화나에 너무 취해서 그래." 그녀는 내 입술에 달콤하게 키스했다. "그래서 그래. 마리화나 때문이야."

우리는 서로 껴안은 채 거기 잠시 누워 있었다. 나는 일레인이 얼마나 착한 여자인지 잊고 있었다. 나는 다른 생각에 마음을 뺏겼는데, 내게는 자주 있는 일이었다.

"기분 어때? 기분 풀어." 일레인이 말했다.

\* \* \*

갈매기 한 마리가 우리 위를 날고 있었다. 우리는 옷을 입고 리 멜론과 엘리자베스가 있는 곳으로 돌아왔다. 그들은 뭔가를 찾고 있었는데, 로이 얼도 같이 뭔가를 찾고 있었다. 내가 놀라지 않아서 다행이었다.

"뭘 잃어버린 거야?" 일레인이 말했다.

"응." 로이 얼이 말했다. "내 석류를 잃어버렸어. 여기 어딘가에 놓았거든. 바로 여기였는데."

"어딘가에 있겠지." 일레인이 말했다.

리 멜론은 바위 밑을 찾아보고 있었다.

"그 석류를 사느라 10센트를 썼지." 로이 얼이 말했다. "내겐 의미심장한 거야. 왓슨빌에서 샀어."

"우리도 찾아볼게." 내가 말했다. 어차피 할 일도 없었고, 그게 우리의 운명이었으니까. 오래전에는 빅서에서 잃어버린 석류를 찾는 것이 우리의 미래였겠지만.

"그 석류로 뭘 할 건데?" 리 멜론이 물었다.

"그걸 갖고 로스앤젤레스에 갈 거야. 큰 사업 건이 있어."

엘리자베스 찾다가 말고 미소 지었다. 리 멜론은 표시가 안 나게 바위를 다시 제자리에 놓았다.

## 두 번째 결말

갈매기 한 마리가 우리 위를 날고 있었다. 우리는 옷을 입고 리 멜론과 엘리자베스가 있는 곳으로 돌아왔다. 그들은 우리가 떠나온 그대로 있었다.

엘리자베스는 하얀 바위 위에 앉아 있었고 리 멜론은 거친 모래 바닥에 누워 있었다.

변한 것은 없었다. 그들은 똑같았다. 그들은 낡은 앨범 속 사진 같았다. 그들은 아무 말도 하지 않고, 우리는 그들 옆에 앉았다. 전에 우리가 있었던 바로 그곳에.

## 세 번째 결말

갈매기 한 마리가 우리 위를 날고 있었다. 갈매기 소리는 빛과 더불어 달리고 있었다. 그 소리는 온화한 색깔 사이로 역사적으로 들려왔다.

## 네 번째 결말

갈매기 한 마리가 우리 위를 날아다니고 있었다. 우리는 옷을 입고 리 멜론과 엘리자베스가 있는 곳으로 돌아왔다. 로이 얼이 그들과 함께 있었다. 내가 놀라지 않아서 다행이었다.

그들은 모두 파도를 보고 서서 로이 얼의 돈을 태평양에 뿌리고 있었다. 100달러 지폐가 수백 장 그들의 손을 떠나 바다로 던져지고 있었다.

"무슨 짓이야?" 내가 말했다.

여전히 손에서 100달러 지폐를 떨어뜨려 물 위에 떠다니게 하면서, 리 멜론이 내게로 몸을 돌렸다.

"로이 얼이 더는 돈을 원하지 않는대. 그래서 우리가 돈 버리는 것을 도와주는 거야."

"우리도 이 돈을 원하지 않거든." 엘리자베스가 말했다.

"이 돈이 내게 해준 일이라고는 나를 여기에 데려다준 것뿐이야." 100달러 지폐가 새처럼 바다에서 날아다니는 동안, 로이 얼이 나서서 말했다.

"너도 이 돈을 가질 수는 없어." 그는 파도에게 말했다. "이 돈을 네 고향으로 가지고 가."

파도는 그렇게 했다.

## 다섯 번째 결말

갈매기 한 마리가 우리 위를 날고 있었다. 나는 갈매기가 날아가는 리듬과 그것이 만드는 아치형의 비행 곡선을 느끼며, 손을 뻗어 갈매기의 아름답고 부드러운 하얀 깃털을 어루만졌다. 새는 내 손가락 사이로 빠져나가 창공으로 솟아올랐다.

# 1초에 186000번의 결말

더 많은 결말은 계속된다. 여섯 번째, 53번째, 131번째, 9435번째의 결말, 점점 더 빨라지는 결말, 더 많은 결말들. 이 책이 186000번의 결말을 가질 때까지, 더 빠른 더 많은 결말은 계속된다.

**A CONFEDERATE
GENERAL FROM
BIG SUR**

# 현실과 환상의 경계에서 꾸는 목가적 꿈

김성곤

비트세대에게 열렬히 환영받은 《빅서에서 온 남부 장군》
은 1964년에 나온, 리처드 브라우티건이 처음으로 발표한
소설이지만, 사실은 두 번째로 쓴 소설이다. 1961년에 쓴
첫 번째 소설인 《미국의 송어낚시》가 1967년에야 출간되
었기 때문이다.

　《빅서에서 온 남부 장군》은 저자 자신의 경험에서 나온
것이다. 1957년에 브라우티건은 부인 버지니아와 함께 빅
서에 가서 약 한 달 동안 친구 프라이스 던과 지내는데, 그
때 그가 보고 겪은 것들이 이 소설의 근간을 이루고 있다.
그때, 브라우티건은 장난으로 프라이스 던을 리 멜론이라
고 불렀으며, 던이 자랑하던 사촌 증조할아버지 존은 오거
스터스 멜론 장군의 모델이 되었다. 또 빅서에서 지내는

217

동안 브라우티건이 만난 돈 많은 정신병자는 작품 속 로이 얼의 모델이 되었고, 개구리들이 울어대는 연못, 그리고 태평양의 풍광 등도 모두 이 소설의 소재가 되었다.

캘리포니아의 빅서는 아름다운 풍광과 더불어, 1960년대 자유주의를 상징하는 반문화(Counter Culture)의 요람으로 유명한 곳이다. 브라우티건에게《빅서에서 온 남부 장군》을 쓰도록 영감을 선사한 또 다른 것은, 1957년에 나온 헨리 밀러의 자서전《빅서와 히에로니무스의 오렌지들》과 1962년에 출간된 잭 케루악의《빅서》였다. 잘 알려진 대로, 헨리 밀러는 소설《북회귀선》이 금서가 되어 파리에서 오랜 망명생활을 한 작가였다. 그는 금서 조처가 풀리자, 귀국해서 미국 전역을 둘러본 후에 쓴 자서전에서 아메리카를 '쾌적하게 냉방된 악몽'이라고 부른 사람이었다. 밀러는 또 모두가 좌파 이데올로기에 경도되어 있던 경제공황기에 홀로 개인의 정신적 자유를 추구했고, 인간의 영혼을 얽매는 닫힌 청교도주의로부터의 일탈을 꿈꾸었던 특이한 작가였다. 한편, 시인 앨런 긴스버그와 더불어 비트세대의 원조로 알려진 소설가 잭 케루악은 빅서에서 여름을 지낸 자신의 경험을 바탕으로 쓴《빅서》에서 다시 한 번 자유로운 비트정신을 예찬하고 있다.

《빅서에서 온 남부 장군》의 주제도 바로 그러한 문학 전통 위에 있다고 보면, 이 작품을 쉽게 이해할 수 있다. 예컨대《빅서에서 온 남부 장군》은 남북전쟁 때 경직된 동상처럼 죽어 있는 병사들의 시체와 오거스터스 멜론 장군의 견고한 동상으로 시작해서, 부드럽게 부서지는 파도와 끝없이 열려 있는 무한한 결말의 가능성으로 끝난다. 브라우티건은 1960년대 미국의 자유주의 정신을 대변하는 작가였기에 반체제적이었으며, 경직되고 닫힌 보수주의적 사고가 아닌, 열린 사고와 열린 사회를 지향한 작가였다.

《빅서에서 온 남부 장군》은 독특한 내러티브 테크닉으로 과거를 거울 삼아 현재를 패러디하는 뛰어난 풍자소설이다. 이 소설에서 일부 챕터의 마지막에 등장하는, 이탤릭체로 쓰인 과거의 풍경은 현재를 비추는 거울 역할을 하고 있다. 예컨대 남북전쟁 당시, 16세의 소년병이 59세의 노병 옆에 군복을 입고 나란히 죽어 있는 모습은 그 소년병의 미래를 미리 보여주는 강렬한 은유처럼 보인다. 두 세대의 죽은 자들이 입고 있는 군복(uniform)은 닫힌 체제 즉 동질성(uniformity)의 상징으로서, 그들은 바로 그 동질성 때문에 죽어간다. 엔트로피 이론에 의하면, 동질성은 필연적인 죽음과 파멸을 초래한다. 이 소설에서 다

양성은 삶의 상징으로, 동질성은 죽음의 상징으로 제시되는 까닭이다.

  남북전쟁 역시 자신의 이데올로기만 옳다고 생각한 사람들이 일으킨 전쟁이었다. 북군이 승리함으로써 북부의 연방주의(Federalism)가 지배 담론(dominant dicourse)이 되었고, 남부연합국(Confederate States of America)은 사라졌다. 그러나 '만일 남부가 승리했다면, 오늘날 미국은 어떻게 달라졌을 것인가?'는 미국 전문가들이 늘 짚어보는 '또 다른 가상현실 속 미국의 모습'이다. 오거스터스 멜론 장군은 바로 그 사라진 남부의 전통을 상징하고 있다.

  그러나 오거스터스 멜론 장군은 실제로는 존재하지 않는 허구의 인물이다. 그러한 설정을 통해 《빅서에서 온 남부 장군》은 현실과 허구의 문제를 성찰한다. 이탤릭체로 된 남북전쟁 묘사에서 오거스터스 멜론은 일등병으로 등장한다. 그가 장군이었는지 일등병이었는지는 크게 중요하지 않다. 중요한 것은, 리 멜론이 할아버지 오거스터스 멜론을 자랑스럽게 생각하고 나름 그 명예를 보존하려고 노력한다는 점이다. 살기 어려운 세상에 그것만이 그를 지탱해주는 마지막 보루인지도 모른다. 물론 그는 살기 위해 나쁜 짓도 하지만 거기에는 언제나 유머가 있고, 살인 같은 극단적인 짓은 결코 하지 않는다. 이는 그가 장군 가문의 '코드 오브 어너(code of honor)'를 지키기 때문이라고 볼 수 있다.

물론 현실에서 리 멜론의 삶은 힘들다. 그래서 그는 실재하지 않는 장군 할아버지를 만들고 그 허구 속에서 위로받으며 살고 있다. 정신이 이상한 전직 보험회사 대표인 로이 얼도 현실과 허구 사이에서 갈등하며 길을 잃은 사람이다. 《빅서에서 온 남부 장군》에서 몬터레이나 로스앤젤레스나 샌프란시스코 같은 도시는 현실의 상징이지만, 빅서는 우리의 상상 속에서나 존재하는 목가적인 허구와 환상의 지역으로 제시된다. 주인공 제시에게도 자기 애인인 일레인은 현실이지만, 리 멜론의 아름다운 애인인 엘리자베스는 허구이자 환상이다. 또 경직된 동상은 현실의 상징이지만, 딱딱한 얼음도 깨뜨리는 파도는 환상의 은유이다. 이 소설의 수많은 열린 결말 중 하나에서 리 멜론과 엘리자베스와 로이 얼은 현실의 상징인 100달러 지폐를 파도 즉 환상 속으로 던져버린다.

그런 의미에서 《빅서에서 온 남부 장군》은 돈과 기계문

명이 지배하는 각박한 현실을 풍자하고, 사라져버린 목가적인 꿈을 추구하는 소설이라고 할 수 있다. 로이 얼과 함께 도시에 있는 그의 집에 간 리 멜론은 차고에 있는 트럭을 갖고 싶어하지만, 끝내 갖지 못한다. 그는 기계와는 거리가 먼 사람이기 때문이다. 빅서에 있는 고물 트럭은 그가 직접 만든 것으로, 기계라고 할 수도 없고, 주인공 제시가 자는 오두막에 있는 리 멜론의 모터사이클은 산산이 분해되어 기능을 상실하고 이미 죽어 있는 상태이다.

《빅서에서 온 남부 장군》은 186000개의 열린 결말로 끝난다. 마지막에 등장인물들은 현실과 기계를 떠나, 낭만적인 바다와 파도를 마주 보고 다시 한 번 환상적인 꿈을 꾼다. 꿈과 환상이 없는 인간의 삶이란 불행하고 희망이 없기 때문이다. 그런 면에서 과거는 한풀이나 복수를 위한 것이 아니라, 앞으로 우리가 나아갈 길을 밝혀 보여주는 거울이자, 미래를 위한 목가적 꿈을 꾸게 하는 환상의 근원이라 할 수 있을 것이다.

(작가의 이름 표기에 대하여 덧붙임. 영어 이름을 한글로 정확하게 옮기는 것은 불가능하다. 예컨대 Joseph을 '조지프'라고 발음하면 원어민은 전혀 못 알아들을 것이다. 물론 영화배우 스칼렛 요한

슨은 '스칼렛 조핸슨'으로 또 킴 베신저는 '킴 베싱어'로 표기해야 하며, 데미 무어는 '드미 무어'로 표기해야한다. 《로빈슨 크루소》의 저자도 디포가 아니라 '드포'가 맞다. 때로는 본인에게 물어보아야 하는 경우도 있다. 미국 작가인 루이스 어드릭은 어드릭이 맞지만, 그걸 모르는 사람은 어드리치라고 발음하기도 한다. 영문학자 조지 학필드(Hochfield)도 학필드인지, 하치필드인지 물어보는 사람이 많다.

배우 케빈 코스트너는 코스너와 코스트너의 중간발음인데, 한글에서는 둘 중 하나만 골라서 표기를 해야만 해서 문제가 발생한다. 물론 같은 'au'인데도 토러스(Taurus)나 로렌(Lauren)처럼 '오'에 가깝게 발음하는 것도 있고, 트라우마(trauma)나 사우론(Sauron)처럼 '아우'에 가깝게 발음하는 것도 있다. 'aw'도 Dawson은 도슨이라고 발음하는 반면, Lawry는 라우리라고 발음한다. 발음은 지역에 따라서 조금씩 달라지기도 한다. Brautigan도 영국식 발음으로는 '브로티건'에 가깝겠지만, 미국 중서부에서는 '브라리건' 또는 '브라우리건'에 가깝게 발음한다. 그러므로 어차피 정확한 한글 표기는 불가능하다. Albany도 미국 동부에서는 올바니라고 하지만, 서부에서는 앨바니에 가깝게 발음하는데, 그건 '올드리지(Aldridge)'와 '앨드리지'의 경우에도 마찬가지일 것이다. 디렉터나 다이렉터도 둘다 통용된다. 그러므로 영문 이름의 경우, 현지 발음과 최대한 비슷하게 표기하는 것이 최선일 것이다.)

# 빅서에서 온 남부 장군

**1판 1쇄 인쇄** 2018년 2월 19일 **1판 1쇄 발행** 2018년 2월 26일
**지은이** 리처드 브라우티건 **옮긴이** 김성곤
**펴낸이** 고세규
**편집** 이승희 **디자인** 홍세연

**발행처** 김영사
**주소** 경기도 파주시 문발로 197 (문발동) 우편번호 10881
**등록** 1979년 5월 17일(제406-2003-036호)
**구입 문의 전화** 031)955-3100 **팩스** 031)955-3111
**편집부 전화** 02)3668-3292 **팩스** 02)745-4827 **전자우편** literature@gimmyoung.com
**비채 카페** cafe.naver.com/vichebooks **인스타그램** @drviche
**트위터** @vichebook **페이스북** facebook.com/vichebook **카카오톡** @비채책
**ISBN** 978-89-349-8074-2 04840 책값은 뒤표지에 있습니다.

비채는 김영사의 문학 브랜드입니다.